CW01497674

*Acer japonicum*

Aurélien Gouttenoire

# Acer japonicum

ISBN : 978-2-322-39693-1

« L'endroit où l'on vit n'a pas tant d'importance,
du moment qu'on transporte l'univers dans ses bagages. »

Matthieu Galey

# Chapitre 1

Je remarquai à mes pieds une feuille d'érable. Elle ne m'était d'abord pas apparue, ainsi obscurcie par l'ombre que je projetais sur le quai.

Comment était-elle parvenue jusqu'ici ? Il n'y avait aucun arbre à l'horizon ; la gare avait été bâtie en pleine zone industrielle. Le vent l'avait-il soufflée par-delà les rails ? Ou bien s'était-elle posée sur l'épaule d'un voyageur, avant d'en glisser subrepticement ?

Je me baissai et la plaçai dans ma paume. Ses nervures rougeâtres s'étiraient jusqu'aux pointes. À mesure que je la ramenais vers moi, les lueurs du crépuscule sinuèrent entre mes doigts en éveillant ses teintes orangées. La vue de cette braise agonisante dans le creux de ma main m'émouvait au plus haut point.

Debout à ma gauche, un Japonais me considérait gravement.

Que fabriquait cet étranger couché par terre ? Et pourquoi larmoyait-il en tenant une feuille ?

Mon voisin ne pouvait pas saisir les raisons d'un tel émoi. Une chute d'érable ne peut rien produire d'extraordinaire, surtout lorsqu'il s'agit du quarantième ou cinquantième automne auquel on assiste sur l'Archipel.

En revanche, pour moi, celle-ci était à l'origine un rêve : celui de contempler ces paysages flamboyants dont le Japon se pare d'octobre à novembre, du nord au sud. Mais ce qui me bouleversait davantage encore à la vue de cette feuille, c'était le constat que cette fugue tant espérée, ce fantasme d'une jeunesse sans cesse rivée vers des contrées lointaines, était devenue mon quotidien.

Trop tard pour le lui confier ; le train arriva en gare dans un crissement strident et déjà faisait-il la queue le long des marquages peints au sol. Je lui emboîtai le pas, avant de m'engouffrer tant bien que mal dans le compartiment.

Même à dix-huit heures, la rame était au bord de l'implosion. Le visage des autres passagers ne trahissait pourtant pas cet inconfort. La plupart se recoquillaient sur leur téléphone, jouant à des casse-têtes, consultant les dernières nouvelles ou tapant frénétiquement des messages sur de minuscules claviers. D'autres encore somnolaient jusqu'à leur destination, la tête inclinée lorsqu'ils étaient parvenus à accaparer un bout de banquette, ou debout, pressant le front contre leur bras arrimé aux poignées suspendues.

Comprimé contre les vitres, je me laissais hypnotiser par les écrans publicitaires. Les entreprises déployaient un trésor de stratagèmes pour captiver les usagers. Certaines, d'ailleurs, ne se gênaient pas pour franchir la limite du mauvais goût. Il était difficile de fuir ce matraquage, tant la moindre parcelle encore en friche se trouvait rapidement couverte de prospectus. J'avais néanmoins fini par en tirer parti : mon occupation principale dans les transports consistait à traquer sur ces affiches de nouveaux idéogrammes qui m'auraient échappé jusqu'alors.

« *Tsugi ha, Kumigawa, Kumigawa desu* ».

L'écho des haut-parleurs me tira de cette rêverie. Je me faufilai hors du train et quittai la station. Les voyageurs se dispersèrent entre les ruelles étroites de la place centrale, prêts à reprendre leur migration le lendemain matin.

Je poursuivis sur l'artère principale et flânai le long des commerces de quartier. Une boutique de porcelaines commençait à fermer sa devanture. En face, une jeune fleuriste saluait de la tête les passants, attendant que l'un d'eux vînt acheter ses géraniums, ou l'un des bouquets trônant coquettement derrière elle. Depuis le fond de l'allée, l'horizon poudroyait d'un crépuscule de feu. L'automne paraissait à son apogée, lorsque, levant les yeux, le ciel entier brillait de reflets vermeils. Cette toile ardente semblait avoir été brossée par un paysagiste en effervescence, dont les mouvements brusques de pinceau auraient soufflé sur les feuilles d'érable, valsant comme des taches de gouache.

Des enfants à vélo me doublèrent à vive allure et se fondirent bientôt dans ce halo aveuglant. D'autres faisaient la queue à une supérette pour s'acheter le dernier tome d'un manga, après avoir abandonné bicyclettes et cartables contre la devanture. Je me souvins que mon garde-manger était vide pour le soir et y pénétrai à mon tour.

Parmi les montagnes de boites de *rāmen* instantanées s'empilaient des sucreries aux mascottes adorables, des produits d'entretien, des magazines – dont certains auraient dû se situer bien plus en hauteur – et des bentos déjà pris d'assaut. Je fouillai dans les vitrines et en retirai un plat de nouilles aux légumes, que j'accompagnai de triangles de riz fourrés aux prunes salées.

Je rentrai les bras remplis jusqu'à mon appartement et refermai la porte dans mon dos. Le salon s'obscurcit de nouveau ; ses contours ne se devinaient plus qu'aux lueurs chargées d'une bruine de poussière. Je plaçai mes courses dans le réfrigérateur et m'avachis sur le canapé. Ce besoin d'un havre de paix, de m'exiler du tumulte de la ville, ne m'avait jamais vraiment quitté.

Pourtant, à mesure que les mois filaient, cette solitude devenait pesante. Je me lassais de ces soirées avec moi-même, à zapper sans fin les émissions de télévision abrutissantes que le pays produisait à la pelle. Je préférai garder l'écran éteint pour cette fois et me laisser bercer par le vrombissement des voitures au pied de l'immeuble.

Cela faisait près d'un an que je m'étais expatrié au Japon. Mon entreprise, une multinationale française pour laquelle j'occupais la fonction de juriste, m'avait proposé cette mutation à plus de dix mille kilomètres. Ma directrice me laissa trois semaines, le temps de rendre ma décision.

Deux minutes suffirent.

Ma fièvre nipponne s'était déclarée durant mon adolescence, à la faveur des bandes dessinées et des jeux vidéo qui parvenaient jusqu'aux étagères de l'Hexagone. Mais au fil du temps, les Japonais eux-mêmes étaient devenus une source inépuisable d'étonnement et de fascination à mes yeux. Cette fourmilière grouillante de citoyens disciplinés se dévoila à l'occasion de mes voyages – des néons épileptiques de sa capitale aux effluves d'un temple reclus dans les sommets. À trente-deux ans, cette symbiose spirituelle qui unissait le Japonais à sa mère nourricière en était devenue pour moi une obsession.

S'il y avait néanmoins une chose que je sus déjà tandis que j'apposais ma signature au contrat, c'était que cette solitude me guetterait inexorablement. L'esprit insulaire était trop dense, ses racines trop envahissantes, trop sclérosées par le temps, pour laisser de quoi éclore une graine fraîchement tombée du ciel.

Cela étant, ce sentiment me rongeait déjà en France.

Alors, autant partir.

# Chapitre 2

Le lendemain soir, je fis le chemin jusqu'à la gare en compagnie d'Erwin, mon collègue allemand avec qui je partageais le bureau. Nous avions coutume de communiquer en anglais, car, bien que chacun eût des notions dans la langue de l'autre, c'était ainsi que nous étions les plus à l'aise. Il profita du trajet pour me raconter les dernières péripéties de sa fille. À l'entendre, son physique d'héroïne de manga – petite tête blonde aux pupilles d'émeraude – lui valait l'adoration de tous ceux qui croisaient son regard. Erwin aussi exultait chaque fois qu'il m'en parlait.

À l'entrée de la station, mon collègue suivant le nord pour rejoindre sa fillette, et moi le sud, nous nous quittâmes par une franche poignée de main. Celle-ci, ferme à vous en briser les métacarpes, était devenue l'un de mes plaisirs coupables, dans un pays où les courbettes étaient de mise.

Pas le temps de m'attarder pour cette fois : voyant mon train déjà à quai, je coupai court d'un pas pressé et m'y glissai de justesse.

Cette complicité entre Erwin et moi était d'autant plus forte que nous avions pris l'habitude de nous éclipser le soir à dix-huit heures. Notre insubordination flagrante à l'égard de la déontologie japonaise, qui impose de ne partir qu'après son supérieur quitte à rester jusqu'à la nuit tombée, avait naturellement fait cancaner bon nombre de collègues.

Erwin, avec une certaine mauvaise foi, plaidait qu'un juriste devait respecter à la lettre les termes de son contrat de travail. En réalité, il réfutait la productivité de renom dont se targuaient les employés de l'Archipel. Ces derniers étant contraints de se ménager pour tenir leur interminable journée, Erwin affirmait boucler en huit heures ce qui leur en prenait douze. Il n'y avait donc aucune raison pour qu'il fût lui aussi de corvée, préférant troquer en soirée ses Richelieu contre une paire de pantoufles.

Quant à moi, la cause était bien plus inavouable. J'en étais simplement arrivé à la conclusion qu'au Japon, un étranger ne saurait être autre chose qu'un étranger. Malgré tous mes efforts d'adaptation, mes tentatives désespérées pour devenir l'un des leurs et la décennie passée à assimiler des milliers de symboles indiscernables, je resterais à jamais marqué au front du sceau du *gaijin*, afin que l'on sût qu'il fallait m'aborder en anglais, s'extasier lorsque j'alignais trois mots de japonais et faire preuve de bienveillance pour l'ingénu que j'étais. Il aurait donc été vain de m'infliger ces heures supplémentaires, qui ne m'auraient pas fait grimper la moindre marche de l'échelon social.

« *Tsugi ha, Kumigawa, Kumigawa desu* ».

Le train marqua l'arrêt à ma station, mais je n'en descendis pas. Je continuai sur la ligne en direction de l'hôtel de ville, de manière à étudier plus en détail les activités municipales. Comme je m'étais plusieurs fois plaint que mon cercle de connaissances ne se limitait qu'à quelques expatriés, Erwin m'avait soufflé l'idée de m'inscrire à un club, le moyen idéal, selon lui, pour sympathiser avec des locaux. Le conseil me fit d'abord sourire ; je m'étais plutôt contenté de recourir à toute une panoplie d'applications mobiles.

Je parvins à destination au terme d'un quart d'heure supplémentaire. La mairie se situait dans un spacieux bâtiment en bois, abritant bibliothèque, conservatoire et salle de cinéma flambant neuve. Ce dynamisme présageait un catalogue pour tous âges.

Mon attente retomba bien vite lorsque je parcourus celui que me tendit l'hôtesse d'accueil. Seules y figuraient des activités dignes d'un village vacances pour seniors : leçons de poterie, ateliers tissage, confection d'étoffes et, pour les plus téméraires, *shiatsu* sur chaise. Adieu les soirées karaoké : mes nouveaux amis risqueraient d'être durs de la feuille...

Faisant déjà demi-tour, je discernai sur le côté un présentoir parsemé de dépliants. L'un attira mon attention. Sur le recto figurait une composition végétale – un vase marbré dont s'élevaient des branches aux grains blancs – avec, sur le dessus, une inscription soigneusement calligraphiée : ikebana.

L'ikebana, ou l'art de l'arrangement floral, faisait partie de ces disciplines qui m'étaient relativement obscures. Pour autant, quelque chose d'inspirant émanait de ce prospectus. L'image de cette œuvre suggérait que l'ikebana offrait liberté et expression de soi. Voilà justement ce que j'étais venu chercher : une bouffée d'air à l'oppression de mes journées. Il s'agissait surtout de l'un des seuls ateliers dont les horaires pouvaient me convenir.

Je jetai un œil à ma montre. Un cours d'initiation commençait dans une dizaine de minutes, à quelques pas d'ici. Je marquai un temps de réflexion, puis, sur un coup de tête, décidai d'y faire une halte. Je pliai la brochure en deux et la glissai dans la poche intérieure de mon manteau.

Je connaissais déjà ces environs pavillonnaires qui faisaient le bonheur des familles. Je profitais donc de mon avance et errais d'un pas léger…

C'était sans compter sur les joies du système d'adressage nippon.

À défaut d'un nom d'avenue suivi d'un numéro, je dus faire avec un numéro de section de quartier et de bloc de bâtiments. Je pressentais le désastre telle une hirondelle l'orage. Mais trop fier pour recourir à mon téléphone, comme pour arracher aux yeux de spectateurs inexistants mon étiquette de touriste, je m'obstinais à m'enfoncer dans un méandre de ruelles. L'expédition se révéla bien vite périlleuse : à mesure de voir les mêmes voitures cubiques sous les mêmes porches des mêmes maisons, je commençais à perdre mes repères. Je songeais à demander mon chemin, mais les allées étaient désertes.

Vingt minutes plus tard, ce cauchemar labyrinthique eut raison de moi. Je me crus envahisseur mongol, pris au piège par ce qui devait être l'héritage d'une stratégie féodale imparable. Je capitulai et enclenchai avec honte la géolocalisation. Ma bêtise me coûta cher : j'arrivai avec un retard inadmissible.

Je pressai la sonnette de ce qui ressemblait à un ancien local municipal. Seule une plaque gravée des kanjis « ikebana » confirmait l'adresse. La porte s'ouvrit sur une femme d'une cinquantaine d'années, couverte d'un tablier vert pomme. Un chien frisé glissa la tête entre ses jambes.

— Oui ? balbutia-t-elle.

— Bonjour… Je viens pour la leçon d'ikebana. Excusez-moi pour mon retard…

Celle qui semblait être la professeure parut moins troublée de voir ce pèlerin en sueur débarquer à sa porte que l'heure à laquelle il daignait se présenter. Par réflexe, je m'inclinai et lui tendis le montant dû pour le cours d'initiation, comme indiqué sur le dépliant. Elle fit de même et saisit les billets à deux mains. Aussi gênés l'un que l'autre, elle mit terme à ce malaise et me pria d'entrer.

Je la suivis le long d'un étroit couloir et pénétrai dans la pièce principale. Une vingtaine d'yeux stupéfaits convergèrent alors vers moi. « *Sumimasen…* ». Je m'excusai une fois de plus d'un signe de tête et me ruai vers une place encore libre. L'émoi retombé, l'enseignante invita une participante à poursuivre sa présentation.

Les membres étaient répartis en rectangle, une coupe placée face à eux. La mienne, de petite taille, formait un ovale rempli d'eau à moitié et au creux duquel se trouvait un étrange carré de piques. Nous étions une dizaine, composée à majorité de femmes, à l'exception d'un autre homme. La moyenne d'âge avoisinait la quarantaine.

Du reste, l'atelier était très sobrement décoré : les murs étaient d'une blancheur immaculée et les tables en bois foncé emplissaient l'espace. D'imposantes armoires aux portes translucides renfermaient tout l'ustensile requis – bols, gants, ou encore sécateurs. Quelques ikebanas avaient été éparpillés ici-et-là, certains soigneusement agencés sur des guéridons, d'autres à la mine plus décrépite. Enfin, une alcôve trônait au fond de la pièce. Elle abritait une calligraphie, dont le coup de pinceau, donné par une main sans doute devenue trop raide, avait rendu ses caractères indiscernables, à l'exception de ce que l'on devinait être *hana* – fleur.

Quand vint mon tour, tous pivotèrent dans un crissement de chaises, curieux d'entendre de quel ramage cet oiseau exotique allait chanter. Je cachai ma gêne d'une voix sobre et m'introduisis comme un expatrié en quête d'expériences authentiques. J'eus ainsi droit à des regards bienveillants de quelques participantes, tandis que d'autres se confondirent en chuchotements satisfaits lorsque j'indiquai être français. J'achevai même par un « *yoroshiku onegai shimasu* » – formule de politesse passe-partout – de manière à éponger mon précédent retard.

Le tour de table réalisé, la professeure poursuivit par une introduction à la discipline. Comme anticipé, l'ikebana était à mille lieues d'une matière se résumant à arranger, avec plus ou moins d'élégance, quelques fleurs dans un gros pot.

Déjà, je découvris qu'il comportait plusieurs écoles. Mes pas m'avaient apparemment conduit au cœur de l'école dite « *Ohara* », l'une des plus célèbres, bâtie à l'ère Meiji par un certain Unshin Ohara dans un désir d'apporter davantage de liberté au sein d'une institution jugée trop doctrinaire.

Cette école se distinguait elle-même en plusieurs « styles ». Nous apprîmes que le style originaire d'Ohara, appelé « *moribana* », fut un véritable pied de nez au conservatisme floral, du fait de l'importation et du travail d'espèces occidentales. À celui-ci s'ajoutait le style « *heika* », par lequel le disciple use de vases profonds. Les autres styles présentaient des distinctions si subtiles que je ne pus les assimiler.

Je crus l'exposé achevé et déjà fis-je crisser les lames de mon sécateur, prêt à labourer la première tige venue.

Trop tôt.

Elle poursuivit, précisant qu'un style pouvait lui-même comporter plusieurs « types ». Par exemple, le style « *moribana* » comprenait un type « paysage », qui, comme son nom l'indique, miniaturise avec finesse un véritable écrin de verdure. Les participants affichèrent en chœur leur surprise, mêlée d'un respect pour cet art si vénérable, pilier, parmi tant d'autres, de l'héritage culturel nippon.

Trop tôt, encore.

Car un « type » se subdivisait lui-même... en « méthodes » ! Ainsi, le type « paysage » pouvait être observé par une méthode « traditionnelle », soumettant le compositeur à un recours limité aux plantes, par opposition à la méthode « réaliste », proposant une contemplation de la pousse naturelle des végétaux... à moins que ce ne fût l'inverse.

Je passai en revue les participants ; certains disposaient de récipients bien plus larges que la fine coupe placée devant moi. Je me permis d'interroger notre instructrice sur ce point. Celle-ci m'informa – et répéta pour tous les autres – que l'atelier se voulant d'une taille modeste, le groupe se composait de membres de tous niveaux. Elle ajouta que l'ikebana comportait traditionnellement six grades, les compositions les plus complexes et majestueuses étant réservées aux adeptes confirmés.

Laissant place à la pratique, nous fûmes priés de collecter nos matériaux dans d'imposants pots en terre.

Notre objet d'étude consisterait pour cette fois en des branches d'eucalyptus, ainsi qu'en des fleurs donc je ne saisis pas le nom, certaines blanches, d'autres jaunes, semblables de loin à une botte de tournesols. Il nous fut également donné consigne de respecter une perspective en trois dimensions.

Je contemplai le soin infini avec lequel une jeune femme devant moi saisissait une à une chaque plante, examinant folioles et pétales, se figurant déjà la manière avec laquelle elle s'apprêtait à les sculpter. Mon émotion pour les érables fût ici passée pour une richesse d'esprit. Je sélectionnai d'une main plus hasardeuse quelques exemplaires et optai pour une composition aux teintes vertes et ocre.

La salle s'emplit peu à un peu d'un silence religieux. Chacun commença à étudier les branchages d'eucalyptus, à les courber délicatement, à leur donner une première forme, sectionnant d'un coup de sécateur les feuilles superflues ou disgracieuses. Quelque chose de sacré semblait émaner de ces gerbes. Je m'abandonnai à mon tour dans cet entre-soi. Sans instruction précise, sans modèle, nous ne pûmes trouver inspiration que de l'intérieur. Il convenait de la laisser germer d'une respiration lente, puis, avec souplesse, de façonner de cette sensibilité enfouie ces fragments de nature.

Je glissais de temps à autre des regards vers l'œuvre de ma voisine. J'imitais sa délicatesse en perçant avec soin la base des tiges contre le pique-fleur. Le temps s'écoulait indistinctement. L'osmose était palpable.

Je remarquai seulement que certaines participantes venaient d'achever leur composition. Les derniers détails apportés, elles se glissèrent pour apprécier le travail de leurs voisins.

Au fur et à mesure, je les vis toutes converger dans mon dos. Leurs regards se posaient par-dessus mon épaule, s'impatientant, dans une atmosphère recueillie, de voir éclore de mes doigts la quintessence de l'élégance française, à croire qu'un Le Nôtre allait jaillir de cette coupe laquée. Flatté par tant d'attention, je me sentis sculpteur en proie à une inspiration mystique et exigeai que l'on apportât çà et là les pièces qui façonneraient mon imminent chef-d'œuvre.

Après plusieurs minutes, le résultat ne fut décemment pas à la hauteur des attentes : deux branches misérables se battaient en duel au-dessus d'un bourgeon mort-né, étouffé dans un amas de feuilles, couvrant une sorte de crâne à moitié chauve. Par déférence, mon assistance émit tout de même un son d'étonnement – « ééééé » –, résonnant aussi creux que ce bol dépravé. L'autre homme y jeta un regard furtif de loin, puis baissa la tête, pouffant discrètement de rire.

Ce fut au tour de l'enseignante de passer en revue les créations. Elle s'arrêtait devant chacune d'entre elles, son œil expert lui permettant de déceler sur l'instant un rameau trop raide, une base trop touffue, une lacune dans un jeu de profondeur. Elle prenait alors le temps de prodiguer ses conseils avertis, voire d'apporter les corrections qui s'imposaient.

Je la vis rapidement venir à moi. Elle me félicita pour ce travail scandaleux, qu'elle jugea satisfaisant pour une première fois. Quelques retouches furent toutefois apportées par ses soins. La voyant redresser puis tailler certaines feuilles, sa proposition parut évidente. Mes voisines de table approuvèrent d'une seule voix. Sur son conseil, je parcourus les autres productions afin de glaner quelques techniques.

Les chaises étaient vides : le groupe se massait cette fois autour du trentenaire qui avait composé face à moi. Je glissai à mon tour un œil par-dessus les chevelures brunes.

Sans conteste, celui-ci était bien loin d'en être à son coup d'essai. Il était consternant de voir comment, avec deux chutes d'eucalyptus et quelques fleurettes – les mêmes que les miennes ! –, le prodige avait donné vie à ce qui aurait pu figurer en première page du dépliant.

Ses boutons blancs, tous sélectionnés à un stade de floraison différent, s'élevaient un à un hors de l'eau, les plus mûrs s'ouvrant vers le ciel. Jaillissant de la même source, une longue tige rigide paraissait crever ce zénith en plein cœur. Enfin, troisième acte de la composition, une branche s'enroulait le long de ces marches de fleurs, puis se courbait dans un ultime effort vers l'arrière, semblable au revers de main que porterait aux yeux celui qui ne saurait voir ce drame.

Ému aux larmes par cette tragédie de la nature, je me dirigeai vers son démiurge. J'attendis qu'il finît de ranger son matériel, avant de l'aborder en japonais :

— Les autres ont déjà dû vous le dire, mais votre ikebana est somptueux !

Il releva la tête et me considéra du coin de l'œil. Étonnement, il rétorqua en anglais :

— Merci. C'est la première fois que vous venez, n'est-ce pas ?

Au ton dédaigneux qu'il prit, je ne sus tout à fait s'il espérait des excuses pour mon affront envers l'art floral, ou s'il jouait le rôle de l'artiste éthéré, un brin condescendant sur les bords. Je gardai néanmoins la tête haute et, comme pour me justifier de ma présence, poursuivis en japonais :

— Oui, c'était ma première fois. Ça m'a beaucoup plu ! Et vous, depuis combien de temps est-ce que vous pratiquez ?

— J'ai commencé l'ikebana il y a trois ans environ, calcula-t-il, toujours en anglais.

Au cours de mes aventures sur l'Archipel, j'avais déjà pu être confronté à ce genre de dialogue de sourds, où chacun répond dans la langue de l'autre. Mais l'intention était seulement celle de saisir l'occasion pour se perfectionner. Or ici, nul doute que mon interlocuteur cherchait plutôt à me rabaisser. Je persévérai malgré tout, en m'efforçant de prononcer un japonais le plus abouti possible :

— Ça se voit tout de suite ! J'aime beaucoup la manière dont cette branche se courbe en arrière. J'ignore comment vous avez fait pour ne pas la casser, moi je…

— Oh, ce n'est pas compliqué ! Il suffit de prendre son temps. Cela dit, l'ikebana n'est pas pour n'importe qui, m'interrompit-il… en anglais.

Mon désarroi venait de laisser place à une profonde aversion. Je ne connaissais pas ce type, mais jamais n'avait-on osé me prendre de haut de la sorte, et encore moins un Japonais.

Ne sachant plus dans quelle langue le maudire, je me résignai à lui adresser un sourire crispé par l'humiliation, avant de regagner mon siège. L'atelier achevé, la professeure nous invita à emporter nos végétaux dans des feuilles de journaux. J'entortillai à la hâte les restes de mes fleurs, la remerciai, puis quittai furieux le bâtiment.

Le ciel s'ombrageait. Sans hésitation cette fois, j'activai l'itinéraire sur mon téléphone et pressai le pas jusqu'à la gare.

Mon bouquet termina sa course dans la première poubelle.

# Chapitre 3

Lorsque sonna l'heure de la pause-déjeuner, je partis en compagnie d'Erwin à la recherche d'un restaurant dans les environs. Le quartier d'affaires regorgeait de supérettes et de cafés prisés des *office ladies* et *salarymen*. Ces derniers avaient coutume d'attraper un bento au vol qu'ils engloutissaient face à leur ordinateur. Nous étions plutôt de la vieille école ; il nous semblait indispensable de trouver une table quelque part, ne fût-ce qu'un banc les jours de printemps, de manière à souffler un peu entre deux réunions.

Erwin était mon compagnon de repas presque chaque jour, mais il nous arrivait de convier d'autres collègues, lorsque ceux-là s'accordaient une pause. À dire vrai, une forme de compétition s'installait entre employés pour le titre du plus dévoué. Prendre le temps de déjeuner était souvent perçu comme un luxe qui devait se justifier. Un jour, j'entendis un collègue qui nous accompagnait quelquefois clamer haut et fort, au détour d'une conversation, qu'il profitait de l'occasion pour pratiquer son anglais, alors même que nos échanges se faisaient dans sa propre langue.

Nous optâmes d'un commun accord pour une échoppe de *rāmen*. Le propriétaire commençait à bien nous apprécier et il nous semblait avoir atteint le grade d'habitués. L'endroit était juste assez grand pour contenir une dizaine de personnes. Nous prîmes place sur de hauts tabourets le long du comptoir en bois.

Plus besoin de consulter la carte : Erwin commanda des *rāmen* aux crevettes frites, tandis que j'accompagnai les miennes de pâte de soja. Le chef se mit aux fourneaux sans tergiverser, claquant une serviette sur son épaule, avant de plonger des portions de nouilles dans d'imposantes cuves frémissantes. De lourdes vapeurs d'eau étouffaient son visage et exsudaient des senteurs de bouillon. Il peinait à essuyer son front humide de l'avant-bras.

— Qu'est-ce que tu as fait de beau hier soir ? commença mon collègue.

— Ça va te surprendre, mais j'ai terminé dans un cours d'ikebana.

— Ikebana… Le truc avec les fleurs ?

— Oui, c'est ça, confirmai-je maussadement, songeant aux maîtres illustres qui s'étouffaient dans leur tombe.

— Raconte-moi ! Comment c'était ?

Je lui relatai en détail mon expérience de la veille. Il rit en imaginant mon retard et l'entrée tonitruante qui s'en suivit. Bien entendu, je lui expliquai également l'altercation diplomatique dont je fus victime et qui m'agita toute la soirée.

Après quelques instants de réflexion et une gorgée d'eau fraîche, il opina :

— Je pense que tu as rencontré ce genre de Japonais franchement xénophobe dont on entend quelques fois parler. C'est le risque de vouloir trouver un Japon plus intime, on n'est pas toujours accueilli à bras ouverts...

— Je ne sais pas, la scène était si surréaliste… Ça t'est déjà arrivé de ne pas te sentir le bienvenu comme ça ?

— Pas de manière aussi directe, non. Je dirais que cela fait partie des choses qui se ressentent plutôt dans les détails.

— Il me semblait que tu avais eu cette impression, lorsque tu t'étais perdu dans un village de pêcheurs.

— Ah oui, cette fois-là… Disons que je m'étais senti comme un fantôme. Les gens s'arrêtaient de parler en m'apercevant ; c'était très perturbant !

— J'ai vécu plus ou moins la même chose dans des coins isolés de l'Hokkaidō. En rentrant dans un bar, je m'étais cru en plein film western. Tu vois cette scène, quand tout le monde se retourne lorsque le cow-boy pousse les portes battantes ?

— Je vois tout à fait !

— Cela dit, je crois que ce fut la meilleure étape de ce voyage, repris-je d'un ton nostalgique. Lorsqu'ils m'entendirent parler japonais, les habitués m'invitèrent parmi eux et me posèrent tout un tas de questions. On passa la soirée à bavarder de tout et de rien, à moitié ivres.

— Ce sont les meilleures expériences, sans hésitation. J'espère que ma fille aura cette chance également, de pouvoir s'intégrer parmi eux.

— Elle ne parvient toujours pas à se faire des amis, c'est ça ?

— Oui. Comme elle est dans un lycée international, elle reste surtout avec des ados allemands, britanniques, australiens… D'un côté, elle se plaint de ne pas pouvoir se mêler au reste de la population, mais de l'autre, elle ne fait pratiquement aucun effort pour améliorer son japonais. Je culpabilise parfois d'avoir entraîné toute ma famille jusqu'ici…

— Tu ne devrais pas : c'est plutôt une chance de pouvoir vivre aussi jeune dans un autre pays ! Ça va vraiment la dégourdir pour la suite.

— J'essaye de raisonner comme ça, mais je me dis que j'aurais très bien pu les laisser en Allemagne et m'organiser pour faire l'aller-retour une fois par mois. Ils sont nombreux les pères, ici, à avoir leur petit appart près de leur lieu de travail. La famille fait sa vie à plusieurs centaines de kilomètres, et tout le monde s'y fait.

— On parlerait plutôt de dizaine de milliers dans ton cas, sans compter le décalage horaire. Tu y aurais laissé ta peau…

Le cuisinier nous tendit nos bols par-dessus le comptoir. De légères couches d'huile ondulaient à la surface, sous laquelle on devinait un monceau de nouilles fines et d'algues. J'y plongeai mes baguettes sans m'en faire prier.

— Et pour ton cours d'ikebana, tu comptes quand même y retourner ? poursuivit Erwin.

— Je ne pense pas. Ou du moins, pas dans cet atelier.

— Ce serait dommage d'abandonner juste à cause de ça…

— Ça et le fait que je n'aie pas la fibre artistique. Je n'ai pas pris de photo hier, mais c'était catastrophique ! L'enseignante m'a rappelé ma mère qui me félicitait pour mes affreux gribouillis en rentrant de l'école.

— Si ça peut te rassurer, j'étais très mauvais en commençant mes cours de cuisine. Ma femme avait eu la même réaction.

— Ça s'est amélioré depuis ?

— Toujours pas… Je la suspecte de se débarrasser des restes qu'elle emporte soi-disant au travail !

Je pouffai de rire, tout en essayant d'attraper les pâtes sans m'éclabousser. Le chef nous glissa un sourire malicieux, curieux de savoir ce qui se tramait. Erwin lui traduisit brièvement la conversation. J'en profitai pour fouiller dans la poche de mon manteau et en extirper le dépliant de la veille.

— Et sinon, il n'y a pas d'autres horaires ? suggéra-t-il encore.

— Voyons voir… Il semble qu'il y a également une session ce soir.

— Eh bien, pourquoi tu n'y retournerais pas ?

— Je suppose que le cours sera exactement le même qu'hier. Il y avait suffisamment de végétaux pour deux groupes.

— Justement : tu peux être sûr que l'autre énergumène n'y sera pas une seconde fois. Et si l'ambiance te plaît, eh bien, tu sauras quel jour y aller !

— Ce n'est pas faux… hésitai-je. Pourquoi pas ! Je verrai ce soir.

Nous finîmes nos *rāmen* à grandes cuillères de bouillon. L'échoppe se vida peu à peu et nous n'entendîmes bientôt que le tintement des ustensiles rangés et les aspirations bruyantes de nouilles des quelques clients restants. Je payai pour nous deux puis, soulevant les rideaux en tissu fendu de la main, adressai un dernier remerciement au propriétaire. Nous fîmes chemin inverse jusqu'à notre bureau. Je ne vis pas mon collègue du reste de la journée, hormis le casque vissé sur la tête, reclus dans un espace de travail pour une négociation de contrat interminable.

\*

« *Tsugi ha, Kumigawa, Kumigawa desu* ».

Plus que quelques secondes pour décider. Que pouvais-je faire d'autre ce soir ? Je songeai à cette rétrospective consacrée à Ozu dont j'avais aperçu l'affiche et qui se tenait dans l'un des cinémas de quartier.

La date exacte m'échappait toutefois. Je vérifiai en vitesse sur Internet dans un dernier coup de pile ou face : raté, elle aurait lieu le lendemain. Les portes du wagon se fermèrent fatidiquement.

L'idée de retourner à l'atelier me convenait ; je me donnais comme objectif d'améliorer mon premier ouvrage. Féru de bonne volonté, je gagnai à grandes enjambées le bâtiment et sonnai triomphant à la porte. Ma montre indiquait dix minutes d'avance.

J'aperçus un bout de museau se glisser dans l'interstice, qui bientôt s'ouvrit sur l'enseignante, un vase d'eucalyptus sous le bras droit. Elle m'accueillit d'une timide salutation, tout en repoussant le chien du pied.

— Vous souhaitez refaire une séance ? demanda-t-elle, comme pour s'assurer que je ne fusse pas venu récupérer un objet égaré.

— Oui, s'il vous plaît. Il s'agit bien du second cours d'introduction ?

— C'est bien ça, mais le programme est exactement le même que celui d'hier…

Elle désigna d'un hochement de tête les végétaux qu'elle tenait fermement entre ses mains.

— Ça ne fait rien ! Je souhaiterais justement réessayer, avant de voir pour l'inscription.

— D'accord, très bien.

Elle m'invita à pénétrer, un léger sourire satisfait aux commissures des lèvres. Deux femmes s'y trouvaient déjà. Nous nous saluâmes en chœur et je m'installai au milieu de la pièce.

Assise à ma droite, la plus âgée me considérait avec bienveillance. J'entamai la conversation en lui expliquant revenir pour une nouvelle séance. Celle-ci m'informa à son tour être une vieille amie de la professeure, à qui elle avait un jour promis de se joindre aux cours qu'elle donnait, sans jamais vraiment s'y tenir, jusqu'à ce qu'un article de journal consacré à l'art floral lui rappelât son engagement. Nous poursuivîmes notre bavardage pendant que les autres participants confluèrent au compte-gouttes.

Après quelques minutes, je constatai que ma voisine manquait d'un sécateur. Ayant repéré où les outils étaient rangés, je me proposai pour lui en apporter un. Je fis le tour des tables en direction des armoires ; des boites métalliques au bas des meubles contenaient encore des dizaines de pinces. Je m'accroupis et en piochai une paire au hasard.

Alors que je fouillais le meuble, je sentis mon dos bousculer quelqu'un situé derrière moi. Je me retournai d'un rapide pivotement des chevilles et demandai pardon pour le coup porté. Une voix grave s'excusa à son tour.

Je levai la tête…

Bon sang ! Le type était là !

Que pouvait-il bien ficher ici, le lendemain, pour le même cours ! Ses yeux écarquillés parurent me poser la même question.

Je me redressai d'un bond et, trop perturbé pour croiser son regard, feignis de dépoussiérer mes genoux.

— Bonjour…

Le son, pratiquement imperceptible, à moitié couvert par un crissement de chaise, résonna jusqu'à mes oreilles.

Avais-je bien entendu ? Venait-il de me déglutir un bonjour, en japonais de surcroît ? Quel hypocrite ! Je lui coupai brusquement le chemin. Mes lèvres se mordirent pour ne pas lui rétorquer un « *hey, how are you ?* » par pure provocation.

Je me rassis brutalement, claquant les cisailles contre la table. Ma voisine s'excusa mille fois. L'affreux personnage gardait la tête rivée vers son bol et pressait avec nervosité ses pinces. Puisqu'il semblait que je n'avais pas ma place ici, je n'allais certainement pas lui réserver un traitement de faveur.

L'enseignante prit finalement la parole et commença la présentation de l'atelier que j'avais manquée la veille. Je ne parvenais pas à l'écouter tant mon attention était focalisée sur l'ennemi d'en face. Les bras croisés, je le mettais au défi d'échanger ne fût-ce qu'un regard. Son attitude m'étonnait toutefois. Il mimait l'élève assidu, tout à fait captivé par la leçon du jour – qu'il devait connaître par cœur –, de manière à ne pas laisser entrevoir une once de gêne, ni glisser un œil vers le centre de la pièce. Il se trahissait néanmoins dans un mordillement compulsif des joues. Le rapport de force n'en était que plus jouissif.

Au bout d'un moment, il finit par orienter son visage vers le mien, dans une expression assez indescriptible.

Sa scrutation devint pesante… Que voulait-il ? Une bataille de regards, vraiment ?

Je remarquai alors que tout le monde se tournait vers moi. J'avais manqué quelque chose…

La professeure me pria – une seconde fois, donc – de me présenter, puisqu'un nouveau tour de table avait été initié. Je m'en excusai et répétai plus ou moins au mot près mon monologue de la veille. Bien fait pour moi ; je m'étais laissé distraire.

L'ordre de passage s'approcha bientôt du rustre. Il finit par prendre la parole – en japonais, ce qui est bon de préciser, car me vint l'hypothèse à une heure du matin qu'il était en fait lui aussi étranger, malgré ses traits incontestablement nippons – et donna ainsi son nom à l'auditoire : Ryûji. Il indiqua avoir découvert l'art floral il y a trois ans, dans l'atelier d'une autre ville. L'ikebana serait depuis devenu quelque chose de très important pour lui. Le tour s'acheva sur ces mots.

Une fois la théorie réexposée, tous les participants se levèrent afin de se procurer leurs végétaux. Je les suivis jusqu'aux jarres et sélectionnai plusieurs fleurs blanches. Ma voisine de table fut satisfaite de me voir revenir avec les mêmes couleurs que les siennes.

Les conseils de l'instructrice s'étaient bien imprégnés dans mon esprit ; je veillai cette fois à couper toutes les feuilles d'eucalyptus agglutinées à la base, de manière à produire quelque chose de bien plus aéré. Les branches que j'avais choisies se montraient bien plus souples que mes précédentes. Je m'amusai à en tordre une en forçant un peu le geste, quitte à la façonner d'une volte-face. Je la plantai délicatement entre les pointes se dressant au fond de la coupe d'eau.

Mon idée de départ s'était quelque peu perdue en chemin, mais le résultat n'en était pas déplaisant pour autant. Je me chargeai de l'accessoiriser de quelques bourgeons blancs. Je les disposai un à un dans une forme circulaire, une sorte d'escalier végétal qui grimpait tout du long.

La perspective devenait intéressante. Il me semblait toutefois nécessaire d'insister sur un troisième angle, peut-être moins ductile. Parmi les autres branches s'en trouvait une particulièrement rigide ; j'essayai de la faire traverser cette composition sans en déranger un seul élément, orientant ses feuilles basses vers le bas, qui prirent peu à peu l'aspect de nénuphars glissant le long d'un étang.

Je ressentis une certaine fierté devant l'arrangement qui se déployait sous mes yeux ; j'ignorais d'où m'était venue cette fantaisie, mais elle avait accouché d'une réelle harmonie dont je ne me crus pas capable. Un arrière-goût de déjà-vu se faisait néanmoins sentir… L'enseignante n'avait pourtant pas corrigé ma précédente production de cette manière. Sans doute m'étais-je inconsciemment inspiré des quelques images que j'avais parcourues sur Internet.

Je relevai la tête vers la salle pour juger de l'avancement collectif. Le visage concentré du Ryûji fit tilt…

Quel idiot ! Je réalisai soudainement avoir plagié son ikebana de la veille !

Priant pour qu'il ne vît pas cette honteuse contrefaçon, j'arrachai en vitesse les branches de mon bol – qui devinrent inexploitables – devant le regard consterné de ma voisine de droite. « J'ai une meilleure idée », la rassurai-je d'un ricanement crispé. Je n'avais plus qu'à repartir de zéro...

Certaines participantes commencèrent déjà à pousser un soupir satisfait face à leur œuvre achevée. Je piochai donc quelques pièces encore présentables et me mis à les fixer à la va-vite. Je me voyais refaire les mêmes erreurs et m'efforçais de les corriger au passage. Je produisis finalement en un temps record un travail pour le moins quelconque, très semblable à mon premier, avec peut-être une once d'amélioration, ayant jugé bon cette fois d'essarter davantage la partie basse.

Chacun se leva pour apprécier les compositions des autres. Rongé par une irrépressible curiosité, je me faufilai d'un pas feutré en direction du Michel-Ange local. Évidemment, non content d'avoir brillé la veille de par sa tragédie phytoromaine qui, posée simplement au milieu de la scène, eût ému un théâtre entier, celui-ci venait de mettre au monde une seconde œuvre tout aussi magistrale, sans changer d'un seul matériau.

Cette fois, deux tiges robustes s'érigeaient depuis les extrémités du pique-fleur, au pied desquelles s'alignaient deux rangées arrondies de fleurettes, couvertes d'un discret feuillage vert-de-gris. Surtout, surplombant le point d'eau, une longue branche d'eucalyptus s'étendait d'un mouvement lascif au cœur de cette clairière et paraissait effleurer avec envie sa réflexion ondoyante.

Difficile à dire s'il fallait y voir un Narcisse sondant son reflet, ou bien le reflet narcissique de son déplaisant auteur.

Je retournai à ma place et attendis sagement que la professeure vînt me faire part de ses conseils. Ce ne fut hélas pas celle-ci qui se présenta la première, mais le Ryûji, qui examinait lui aussi une à une les tables. Tout en faisant mine de passer l'air de rien, je le vis scruter d'un coup d'œil mon travail, comme s'il s'agissait là d'un bibelot que j'eusse brocanté sans réelle conviction sur mon comptoir.

Il s'arrêta pourtant et, après quelques instants, s'approcha plus près encore. Il se pencha et fit pivoter sa tête d'un côté, puis de l'autre, sans que je comprisse ce qu'il cherchait à faire. Il posa alors la main sur mon sécateur et releva son visage vers le mien.

— Je peux ?

La surprise me fit acquiescer. Il s'empara donc des pinces et commença par raccourcir la tige centrale, à laquelle il retira plusieurs feuilles. Certaines de mes fleurs furent également sectionnées par ses soins.

— C'est important de conserver les mêmes proportions, sinon l'ikebana n'est pas assez équilibré.

Il glissa enfin davantage le pique-fleur contre le bord et se redressa lentement.

— Eh bien, merci… marmonnai-je pensivement, tandis que je rapportai l'arrangement vers moi.

Il m'adressa une inclinaison hésitante, le regard rivé au sol, puis poursuivit son tour. La scène me laissa pour le moins abasourdi ; j'ignorai ce qui lui avait soudainement traversé l'esprit. Était-ce censé être une excuse pour l'incident de la veille ? Alors que j'analysai les retouches ainsi prodiguées, l'enseignante se rapprocha et poussa un son d'étonnement. Elle en inspecta chaque recoin, avant de me complimenter pour cette progression fulgurante. Je prétendis en être à l'origine.

L'atelier toucha à sa fin et chacun remballa son matériel. Je fis de même avec mes végétaux, comme il était plus probable cette fois qu'ils fissent le chemin jusqu'à mon appartement.

Quoique...

Au moment de me revêtir, Ryûji s'approcha d'un pas traînant. J'en bloquai par réflexe ma respiration.

— Je… Je souhaiterais m'excuser pour mon comportement d'hier.

Je fis mine de ne pas comprendre :

— Comment ça ?

— C'est-à-dire… Je vous ai vu par la fenêtre jeter votre ikebana. J'espère que ce n'était pas à cause de moi…

Je m'aperçus seulement que les murs d'en face donnaient sur la rue. Il avait ainsi pu me surprendre à me débarrasser du bouquet, ce qui signifiait qu'il m'avait épié de l'intérieur.

Mon visage revint vers lui ; ses yeux fuyaient les miens et papillonnaient convulsivement. Dans cette situation, un interlocuteur japonais eût probablement opté pour un « non, non, vous faites erreur ! Mes plantes étaient juste abimées... », voire, en cas de réelle animosité, un « ça ne fait rien ! », de manière à tendre la main vers celui qui s'embourbe dans l'embarras.

Au grand dam du prévenu, le tribunal qu'il avait convoqué entre deux pots de fleurs, croyant naïvement en obtenir un non-lieu, était tenu par un juge français.

— Si, c'était à cause de vous.

Le verdict tomba comme un lâcher de couperet. Le malheureux me jeta un regard sidéré, ignorant complètement ce que le code nippon préconisait dans pareil cas de figure.

— Je n'ai pas du tout apprécié votre comportement. Et d'ailleurs, si je suis revenu aujourd'hui, c'est parce que j'espérais ne pas vous y revoir.

— Je suis vraiment désolé, bafouilla-t-il.

J'hésitai à lui demander les raisons de toute cette histoire, si ma présence au sein de ce club était un problème pour lui, voire la présence d'un autre homme tout court, dans l'hypothèse où il eût fait de ce lieu son harem.

Je gardai finalement mes interrogations et lui tournai le dos. Malgré mon attitude pompeusement outrée, je ressentis un certain soulagement. J'avais toujours eu en horreur les situations de conflit, même les plus anodines. J'espérais donc ne pas craindre grand-chose ici, mais les stéréotypes ont la vie dure : sur cent vingt millions d'habitants, il était bien normal de croiser quelques individus hors des cadres grossiers.

Jugeant le cas « Ryûji » bouclé, je récupérai une fiche d'inscription et la glissai dans ma sacoche. Je regagnai la gare avec les pièces de mon ikebana sous le bras. Ainsi muni d'un imposant bouquet, mon reflet dans les fenêtres du train me fit sentir héros fougueux d'une comédie romantique, prêt à cavaler dans les allées bondées d'un aéroport pour y rattraper mon âme sœur.

Une fois rentré, comme je manquais d'un vase digne de ce nom, mes fleurs finirent, faute de mieux, dans une bouteille de bordeaux.

Elles moururent le lendemain.

# Chapitre 4

Le samedi matin, incapable de dormir jusqu'à neuf heures comme je l'avais réglé sur mon réveil, je sortis du lit aux alentours de six heures. Je faisais partie de cette catégorie de personnes inaptes à toute grasse matinée, tellement habituées à se lever à heures fixes. Je jetai un œil à l'agenda sur mon téléphone et soupirai longuement : je n'avais absolument rien de prévu pour la journée. Les premières lueurs de l'aurore s'engouffraient déjà dans mon appartement.

Lorsqu'on est expatrié, il est délicat de ne pas tomber dans le piège du « j'ai le temps ». On se laisse facilement convaincre qu'on aura toujours l'occasion de visiter le pays un jour ou l'autre. C'est ainsi qu'on se retrouve dans l'avion pour le retour et qu'on réalise avec amertume que nos seules escapades auront été les trajets du domicile au travail, à l'exception peut-être de quelques brèves excursions les premières semaines, lorsqu'on était encore galvanisé par la motivation et l'enthousiasme.

L'expérience est d'ailleurs vraie dans l'autre sens. Bien que j'eusse habité près de Paris pendant une vingtaine d'années, ce ne fut qu'à l'autre bout du monde que je ressentis la soudaine envie de gravir la tour Eiffel ou le Panthéon, ce que je n'avais jamais pris le temps de faire sur place, puisque, justement, j'avais le temps.

Ce fut donc avec beaucoup de sagesse matinale que je ressortis d'un tiroir une liste de lieux à explorer. Je l'avais étoffée grâce à de nombreuses revues de voyages, ainsi qu'au gré des conseils dispensés par plusieurs de mes collègues. Bon nombre de ces destinations m'avaient été recommandées au printemps, lors de la floraison des cerisiers, mais je remarquai avoir griffonné au coin d'une page le nom d'un village non loin d'ici, réputé pour ses sources chaudes et son temple de mousse.

Tout en me brossant les dents, j'opérai les vérifications d'usage : ciel ensoleillé, température convenable, une bonne heure de transport... Les astres étaient alignés. J'attrapai au vol blouson et clés, puis claquai la porte.

Dans ma région, prendre le train le samedi donnait toujours lieu à un contraste saisissant. Alors que les jours en semaine étaient le théâtre d'impétueuses batailles pour la conquête d'un bout de banquette, le wagon semblait étrangement paisible ce matin-là. J'en profitai pour m'adonner à une rapide lecture des autres passagers.

Trois collégiens se tenaient en triangle dans un coin. Ils portaient chacun une housse de raquette de tennis et discutaient entre eux d'une compétition sportive qui approchait. En tendant l'oreille, l'un d'entre eux était plus tourmenté par la présence d'une certaine Chiyuki dans les gradins que par les exploits supposés de l'équipe adverse. En face, une mère accompagnait sa jeune fille vêtue d'habits soignés. La petite feuilletait un manuel scolaire d'anglais pendant que la première somnolait la tête inclinée. Quelques personnes âgées faisaient également le trajet, scrutant le paysage d'un air méditatif ou bouquinant en silence.

Comme un enfant qui s'ingénie à deviner des formes dans les nuages, je me livrais souvent à des élucubrations quant à la vie que mes compagnons de voyage pouvaient mener. La tentation était alors grande de m'asseoir à côté de l'un d'eux et d'engager la conversation. Mais jamais n'osais-je franchir le pas. Je craignais que ma lubie quasi chirurgicale de disséquer l'esprit japonais ne parût trop intimidante, voire impolie. Je demeurais donc sagement à ma place, examinant à la dérobée les indices que semaient derrière elles ces autres âmes vagabondes.

Le train marqua l'arrêt à ma destination. Depuis le quai, je découvris une gare aux allures minimalistes, à la mine vétuste et aux tuiles patinées par le temps, mais qui présageait déjà du charme d'un village pittoresque. Je suivis la direction du temple indiquée par un panonceau en bois. À mesure que le chemin serpentait vers les hauteurs, une succession de maisonnettes et de rizières aux teintes verdâtres s'y dévoilaient tout le long. Une légère brise s'insinuait dans les champs en faisant onduler les grains, à croire qu'une main s'y serait faufilée et les aurait doucement caressés du bout des doigts.

Ce ne fut qu'au bout d'une petite allée que la devanture du temple m'apparut enfin. Le bâtiment se camouflait parmi des cimes d'arbres ayant probablement assisté à son érection. Une jeune femme dans un cabanon feuilletait une revue ; mon arrivée la fit sursauter. Elle me tendit un billet et m'expliqua qu'on me servirait à l'occasion de la visite soit un thé froid, soit un thé chaud. J'optai pour la seconde proposition.

Une fois passé un large portique, je grimpai quelques marches et défis mes chaussures. Des effluves camphrés d'encens s'exhalaient déjà de la vieille bâtisse. Je me faufilai le long d'un étroit couloir dont le parquet émettait sous mes pieds de légers craquements, semblables à ceux d'une couverture de feuilles mortes. Au bout de celui-ci, une vaste pièce d'une vingtaine de tatamis s'ouvrait sur deux perspectives d'un jardin rougeoyant. J'errai d'un pas contemplatif quelques instants, puis m'assis sur les genoux de manière à étudier avec déférence la scène.

En prenant un peu de recul, l'assemblage de ces deux vues s'apparentait à deux *fusuma* disposés perpendiculairement, ces panneaux coulissants qui illustrent avec raffinement un écrin de faune et de flore. Sur la droite, des érables se déployaient au bord d'une étendue d'eau, cerclée de lanternes de pierre et de troncs d'arbres. Sur la gauche, l'espace entier était écrasé par un pin majestueux. L'ancêtre était d'un âge si vénérable que des poutres supportaient ses membres sclérosés.

Je me perdis peu à peu dans mes pensées, me figurant ces successions de prêtres, villageois, nobles, artistes ou simples voyageurs que ce gardien résineux avait vues défiler, ici même, au gré des siècles et des ères.

Tout en relevant la nuque d'une profonde inspiration, je décelai une tâche cramoisie qui imprégnait le plafond. Je n'appris que plus tard son origine : le sang d'un puissant samurai et de sa garnison, après que ces derniers se suicidèrent par *seppuku* à l'issue d'un terrible siège. Les planches rougies par ce sacrifice honorable avaient été déplacées juste là, au-dessus de ma tête. Il était des moments où ces vestiges du temps me reflétaient avec une clarté indicible toute l'insignifiance de mon existence – infime grain de sablier, molécule d'eau de la clepsydre terrestre.

Une employée du temple me réveilla de cette méditation, tandis qu'elle s'approchait avec un plateau laqué. Elle posa face à moi un bol de *matcha* et un *wagashi*, une petite pâtisserie, s'inclina au sol, puis repartit. Je saisis la céramique et la fis pivoter. Le thé gardait encore un aspect mousseux, signe qu'il venait d'être fraîchement fouetté. Je le portai à mes lèvres et en pris une gorgée amère. Sa rondeur s'ourlait de délicates nuances herbacées. J'eus alors le sentiment d'engloutir le paysage entier, d'en ressentir toute sa finesse sur mes papilles.

Je demeurai ainsi pensif plusieurs minutes, l'esprit lavé de toute contrariété. Quand enfin je perçus des murmures approchants, je me décidai à m'échapper, adressant un dernier regard languissant à ce havre des songes.

Derrière le temple, un jardin boisé couvert d'un tapis de mousse se dissimulait en secret. Les érables qui m'étaient apparus de l'autre côté prenaient d'ici la forme de flammes vacillantes, incendiant la toiture fragile de la bâtisse. Tout en flânant le long du chemin, je croisai une mère et son fils qui me vinrent à contresens. Lorsqu'il me discerna, l'enfant marqua un temps d'arrêt, les yeux écarquillés et la mine tout à fait stupéfaite. Je crus quelques instants être devenu un cerf à cent bois, ou bien un *yōkai*, un esprit japonais, qui rôderait malicieusement dans la forêt et n'apparaîtrait qu'aux âmes les plus pures. La mère repéra l'effarement du garçon : elle l'attrapa par la main et m'adressa un hochement de tête embarrassé.

Lorsque j'atteignis l'extrémité du sentier, je fis demi-tour et me délectai encore un moment de l'endroit. De tous les recoins disséminés sur cette planète, nul doute que le Japon était un terreau fertile aux errances pleines d'humilité et de contemplation. Quant à moi, je m'abandonnais avec un plaisir certain dans ce rôle – celui du visiteur silencieux d'un automne fauve et fugace.

Je déjeunai par la suite dans une échoppe du village et poursuivis mon périple dans les environs jusqu'en fin d'après-midi.

Aux alentours de dix-sept heures, lorsque mes jambes commencèrent à fléchir sous l'effet de cette randonnée, je décidai qu'il était temps de me délasser dans un *onsen*, une source d'eau chaude, comme l'Archipel en comptait des dizaines de milliers. Ces bains thermaux s'étaient rapidement hissés à l'apogée de mes expériences locales. À dire vrai, le prix à payer tenait davantage à la nudité de rigueur qu'aux quelques yens déboursés. Passés néanmoins les premiers excès de pudicité, il m'était devenu difficile d'arpenter le pays sans y faire étape.

Ce fut donc entièrement nu – à l'exception d'une petite serviette – que je parvins dans la partie réservée aux hommes. Cinq ou six messieurs occupaient un large bassin extérieur en pierres duquel émanait une fumée dense. Avant de s'y plonger, encore fallait-il respecter le rigoureux protocole du lieu. Je m'assis donc sur un tabouret en bois face à un robinet et me lavai intégralement le corps.

En jetant un œil au bain, je distinguai un vieillard qui m'épiait fixement, pareil à un aigle sur son perchoir. Visiblement, celui-ci veillait à ce que l'Occidental respectât à la lettre le règlement et ne vînt pas souiller l'eau avec hâte, ce que – je le reconnais – j'avais pu commettre ma toute première fois. Je multipliai donc les lavages à grande eau, achevant même par un rinçage à l'aide d'un bol en bambou, afin de jouer les bons élèves et de prouver à l'autochtone que je venais en paix. Il finit par détourner son regard : l'ancien semblait convaincu.

Je pénétrai dans la source bouillante, ma serviette sur la tête, et pris place dans un recoin. L'ardeur du bassin défiait la fraîcheur de l'arrière-saison. Au-dessus, la nuit se déployait déjà, tel un voile sombre glissant des cieux. J'exultai de pareil réconfort.

Au bout de quelques minutes, le vieil homme m'aborda en japonais :

— Américain ?

— Non, Français.

— Ah.

Il commença alors par me narrer le voyage en France de son dernier fils, ainsi que son propre souhait de visiter l'Hexagone. Il jubilait à l'idée de fouler le Mont-Saint-Michel, dont il était tombé amoureux depuis un reportage à la télévision. J'appris d'ailleurs au cours de la discussion que ce baroudeur revenait d'un troisième été passé à Hawaï. Les baigneurs se succédèrent pendant que nous conversâmes ainsi, dans le plus simple appareil.

Cette situation, qui paraîtrait surréaliste outre-Pacifique, était ici tout à fait ordinaire. Car pour sympathiser avec un Japonais, plutôt que de l'aborder dans le train, mieux vaut faire trempette dans son bain.

Cela dit, il convient de nuancer quelque peu ce sarcasme. Au pays du Soleil-Levant, il est bien plus commode de se mettre à nu physiquement que psychologiquement. À la différence de mes chers compatriotes, véritables exhibitionnistes de l'opinion, bien que gonflés de froufrous de pudeur, les

Japonais déshabillent sans gêne le corps, mais très difficilement l'esprit. En dehors des beuveries nocturnes, ces derniers s'habituent en journée – paradoxalement – à des bavardages de comptoir, évitant ainsi de creuser l'intimité de leur interlocuteur comme le fond de sa pensée. Très tôt, l'individu apprend à s'effacer au profit du groupe et à s'affubler d'une sorte de masque taillé par l'obligation sociale, aux traits cordiaux et respectueux, qu'il arbore dans la rue, au travail ou encore dans les transports, tandis que le vrai visage, lui, occulte et authentique, ne se dévoile que dans l'ombre d'un foyer ou dans le chuchotement d'une amitié sincère. Pour un étranger, se montrer digne de pareille confiance est une tâche laborieuse ; la conquête de ce Saint Graal débouche rarement sur autre chose qu'une amère déception.

Du moins, tel avait toujours été mon cas.

Mon partenaire de baignade me remercia pour ce moment de convivialité et ne tarda pas à rentrer chez lui. Je fis de même lorsque je sentis mon front perler de sueur.

Je redescendis jusqu'à la gare en louvoyant le long des réverbères. Par chance, le train du retour arriva au même instant.

# Chapitre 5

La semaine reprit son rythme métronomique, inlassable, celui des visages creusés du matin, des rames remplies le soir. Ma précédente escapade lui avait néanmoins donné un exutoire, si ce n'était un sens. Je m'étais convaincu que je besognais du lundi au vendredi pour m'offrir, un week-end sur deux à peu près, une évasion vers des contrées toujours plus éloignées de mon quotidien, en distance et en esprit. Un souvenir, en somme.

S'y ajoutait dorénavant cet atelier d'ikebana dont je ne savais tout à fait quoi en penser. J'y voyais encore, je crois, l'occasion d'y trouver refuge ; un entre-deux tout juste suffisant pour reprendre mon souffle, avant de plonger une nouvelle fois dans ces limbes que d'aucuns qualifieraient de vie moderne. Il y avait là les turpitudes d'un poisson arraché à l'eau, ne puisant de l'oxygène que dans les quelques nappes cristallines creusées au sol.

Je pris finalement la décision de m'inscrire au club sur le second créneau horaire. Aussi y retournai-je le jeudi suivant muni de mon précieux bulletin complété. La professeure, dont je découvris seulement le nom en bas de page – Yuko Nobura –, m'en remercia chaleureusement, sans toutefois dissimuler une certaine satisfaction à l'idée que sa classe pût compter des apprentis d'autres horizons.

Je retrouvai au fur et à mesure les visages de la semaine passée, de ceux qui, comme moi, avaient officialisé leur pratique. D'autres m'étaient en revanche parfaitement inconnus. En les entendant soumettre un formulaire de réinscription, je compris qu'elles venaient s'exercer une année supplémentaire et s'étaient dispensées d'une énième présentation des bases. Elles furent ainsi plusieurs à se connaître déjà et à bavarder entre elles de séances précédentes. Cette ambiance conviviale me plaisait ; je saisis l'occasion pour me glisser jusqu'à deux femmes qui argumentaient sérieusement au sujet des nouveaux ikebanas exposés. Celles-ci furent elles aussi surprises de croiser là un Occidental. Lorsqu'elles apprirent ma nationalité, j'eus droit à un iconique « ééééé » gazouillé en chœur.

L'une renchérit :

— Je suis déjà allée en France, vous savez !

— Ah oui ? Qu'est-ce qui vous a plu là-bas ? l'interrogeai-je d'une réelle curiosité.

— J'aime beaucoup Paris, bien sûr, mais aussi la gastronomie française, les musées...

— Y'en a-t-il un que vous avez préféré ?

— Rûburu.

— Lequel pardon ?

— Rûburu, insista-t-elle.

Je me creusai la tête pour comprendre à quoi elle pouvait bien faire référence…

— Ah ! Le Louvre ?

— Oui ! Il était splendide ! Mais nous n'avions pas eu le temps de tout voir…

— Et qu'avez-vous visité d'autre ?

— Mmmh… Berusaiyu aussi !

— Berusaiyu ?

— Oui.

« Berusaiyu… », marmonnai-je pensivement… « Si les b sont des v, et les u des fins de syllabe en trop… »

— Versailles !

— Oui, le château !

J'aurais pu y jouer des heures.

Je leur racontai à mon tour mon récent engouement pour l'arrangement floral, que j'avais découvert par hasard, en parcourant les présentoirs municipaux.

— C'est assez rare en tout cas, que des hommes s'intéressent à l'ikebana, observa l'une.

— Mais il y en a quand même ! toussa la seconde, comme pour rattraper une réflexion qu'elle aurait jugée peu convenable. J'ai un très bon ami à moi qui pratique également.

— Je ne pense pas être le seul homme, cela dit. Il y en avait un autre aux cours précédents.

— Ryûji ?

— Oui. Vous le connaissez ?

— Plus ou moins. Il vient à toutes les leçons depuis plusieurs années maintenant. Je me demande s'il doit s'inscrire deux fois…

— J'ai pu observer ses productions : elles m'ont laissé bouche bée.

— Disons que c'est quelque peu le favori de la professeure…

— Et j'imagine le favori de certaines participantes également, non ?

— Un peu, c'est vrai, ricanèrent-elles non sans gêne, couvrant leur rictus de la main.

— Mais il a une fiancée, je crois. C'est ce qu'il nous avait dit au repas de fin d'année.

D'un accord tacite, nous mîmes fin à cette conversation qui glissait vers le commérage. L'objet de notre indiscrétion venait justement d'apparaître à la porte. Lorsqu'il me discerna depuis le fond de la salle, Ryûji m'adressa une timide salutation de la tête. Je remarquai qu'il répétait rapidement le geste à l'attention d'autres personnes, avant de se diriger vers son plan de travail, sans chercher à se mêler au reste du groupe. Il préparait ses outils en silence. Nous regagnâmes également nos places.

L'enseignante amorça la séance. Elle commença par remercier avec sincérité celles et ceux qui avaient choisi de s'inscrire à ce modeste club, dont on fêterait bientôt le dixième anniversaire. Afin de célébrer cet événement local, le service culturel de la ville avait proposé d'exposer prochainement certaines créations dans le hall de la mairie, de manière à promouvoir un art que le grand public tendait à cantonner à un cercle d'initiés. Nobura-*sensei* suggéra encore que la manifestation eût une visée pédagogique, en présentant les différents styles que comportait l'école Ohara, suffisamment nombreux pour que nous pussions nous les partager.

Elle tira justement un calepin de son tablier et annonça une répartition. Les plus expérimentés seraient chargés des méthodes les plus subtiles – celles dont je n'avais toujours pas compris la particularité –, tandis que les débutants, eux, composeraient un style vertical ou penché. Ça, au moins, je voyais à peu près à quoi ça pouvait ressembler. Les premières séances de l'année allaient donc être l'occasion de se préparer à ce coup de projecteur.

Les néophytes se virent proposer trois matériaux pour cette fois : des anémones du Japon, des fougères aux teintes ocre et des branches de forsythia précoces, tout juste jaunies aux pointes. S'agissant des premières, les boutons blancs que je choisis étaient si délicats au toucher que je crus tenir entre mes doigts des fleurs de sucre.

Avec moins d'hésitation, je m'emparai des cisailles et m'attelai à la tâche. Le forsythia serait la pièce qui offrirait à la composition sa part de rigidité ; aussi fallait-il s'efforcer de ne pas le courber de trop. Je me contentai de retirer les feuilles encore trop verdies et gardai celles aux nuances automnales. Les extrémités hasardeuses furent à leur tour taillées. Je plaçai le pique-fleur au centre de la coupe et y fixai tant bien que mal les tiges. Leur finesse complexifiait l'assemblage…

Comme je ne parvenais pas à les dresser, je me décidai finalement pour une composition inclinée. J'abaissai une branche telle une main tendue, puis, saisissant deux fougères, j'estimai que leur forme naturelle n'appelait pas de retouches. Je me contentai de les rétrécir un peu et de les ajuster en retrait. Lorsqu'enfin elles formèrent un angle approprié, il convint de les agrémenter de quelques anémones. Je les préparai de tailles diverses, de manière à les glisser dans l'espace laissé vide au cœur du récipient. Là encore, j'optai pour une forme en escaliers, la manière idéale pour dissimuler habilement les ficelles et les rouages à un œil scrutateur.

Je venais de nouveau d'exploser le record : certaines compositrices en étaient toujours à hésiter entre deux couleurs de pétales.

Je me doutais bien que la rapidité n'était gage de qualité, et encore moins de maîtrise ; sans doute étais-je trop centré sur le résultat lui-même pour donner à l'exercice toute sa dimension spirituelle, celle que pourtant tous aspirions à trouver en ce lieu. La jeune femme à ma gauche, me voyant évaluer d'un air dubitatif l'arrangement, me fit toutefois part de ses compliments sincères.

Je laissai s'écouler un quart d'heure, avant que nous ne fussions invités à nous imprégner des travaux voisins. Les participantes qui s'étaient réinscrites faisaient preuve d'une réelle expertise ; l'exposition municipale serait assurément à la hauteur des attentes de la professeure.

Bien entendu, sans m'en faire prier, je me faufilai à l'épaule du jeune prodige, prêt à m'enivrer du philtre végétal qu'il venait de concocter, à l'instant même, dans les mystères de son officine.

Le style me surprit.

Dans une coupelle aux reflets de jade et où s'y noyait un petit feuillage, des écorces arides d'eucalyptus se dressaient sèchement, comme des bâtons craquelés de cannelle. Du saule tortueux louvoyait parallèlement, le long duquel, enfin, coulaient des fleurs de lys, poudrées de safran et de carmin. Je lisais dans cette profusion de couleurs chaudes le ruissellement d'une lave : l'air libre coagulait le magma encore ardent en cette forme de caillots à pétales, bientôt basaltes, et où ne persistait qu'une végétation asséchée, carbonisée.

Ryûji me paraissait trop concentré sur ses derniers détails pour que je lui fisse part de ces divagations. Je poursuivis ma revue jusqu'à retrouver mon plan de travail.

Quelques minutes plus tard, je le vis parcourir à son tour les compositions. Il considéra la mienne avec une attention palpable, mais en demeura muet. Je fus ainsi épargné d'une quelconque remarque. Nobura-*sensei*, en revanche, jaillissant sans crier gare de derrière mon épaule, ne manqua pas de ravaler de bas en haut mes brindilles, qu'elle jugea cette fois trop dégarnies.

Le cours prit fin. Nous nous remerciâmes les uns les autres en attendant le prochain rendez-vous. J'emballai avec soin mes végétaux dans de vieux journaux et rapportai mes instruments aux armoires. En passant devant Ryûji chargé de mon récipient, je le vis désassembler son œuvre de gestes appliqués, mais sous lesquels se ressentaient cette morosité, ces échos d'une mélancolie étouffée, qui me devenaient chaque fois plus perceptibles encore.

Je lui glissai par réflexe une plaisanterie, comme pour le piquer du bout d'un bâton :

— Vous ne m'avez rien dit sur mon ikebana cette fois. Est-ce que l'élève a déjà dépassé le maître ?

Il releva la tête d'un mouvement surpris, puis sourit doucement.

— Je ne sais pas, mais il m'a paru bien réussi. Qu'en a pensé *sensei* ?

— Elle a trouvé que mon forsythia manquait de feuilles. La dernière fois, j'en avais gardé trop... C'est difficile d'atteindre un équilibre.

— Ce sont vos premiers essais ; c'est normal de pencher des deux côtés.

J'observai avec attention son arrangement à moitié défait, comme s'il s'agissait de l'occasion d'en percer enfin tous ses secrets, ceux qu'un prestidigitateur ne dévoilerait sous aucun prétexte.

Je repris :

— Et hier, est-ce que vous aviez déjà fait cette même composition, dans l'autre groupe ?

— Pas vraiment... J'avais fait quelque chose de très différent, mais cela ne m'avait pas plu. J'ai voulu tenter quelque chose d'assez original aujourd'hui.

— Vous ne vous ennuyez donc pas à travailler deux fois les mêmes plantes, chaque semaine ?

— Au contraire : cela me permet d'expérimenter encore plus de choses ! Vous n'en redemandez pas, une fois rentré chez vous ?

— Si, un peu. Je m'amuse à réorganiser mes restes de fleurs autrement, à essayer différents pots… J'ai eu l'idée de les placer dans une vieille bouteille de vin. *C'est très chic*, lançai-je en français.

— Le contenant est aussi important que le contenu. Je passe beaucoup de temps à en chiner à droite à gauche auprès d'antiquaires.

— Est-ce que vous composez à partir de vos propres végétaux, parfois ?

— Ça m'arrive... Mais je préfère venir à l'atelier, surtout pour les conseils de Nobura-*sensei*. Elle a une grande renommée dans le milieu de l'art floral, vous savez.

— Ah oui ? Je dois admettre ne pas m'être renseigné plus que ça…

— Elle a remporté de nombreux concours, par exemple.

— Et vous ? Vous avez déjà participé à des compétitions ?

— Non, jamais.

— Pourquoi ça ?

— Je ne sais pas trop… hésita-t-il d'un murmure sourd.

— Vous auriez toutes vos chances pourtant !

— Je ne crois pas que j'aimerais composer sous pression, et encore moins que l'on m'attribue une note. Je ne considère pas que l'on puisse noter un ikebana, d'ailleurs. Chacun doit être libre d'en avoir son propre ressenti.

— Il y a bien des créations qui font l'unanimité, vous ne pensez pas ?

— Je ne pense pas, non. Chacun a sa lecture personnelle de cette discipline. C'est bien pour ça qu'il existe tant d'écoles. Un maître d'une pourrait encenser votre œuvre, tandis que celui d'une autre pourrait la juger bonne pour la poubelle, tellement elle serait contraire aux principes de base.

En tout cas, je retenais que l'artiste en herbe savait être bavard sur ce sujet qu'il devait tant affectionner, malgré la froideur – si ce n'avait été l'arrogance – qu'il laissait transparaître de premier abord. J'en étais d'autant plus curieux de creuser cet étrange personnage qui m'avait déjà profondément intrigué.

Un silence commença à prendre forme tandis que je cogitais à la manière de le cuisiner davantage. Son regard acéré semblait me perforer d'un « et maintenant ? ».

Peut-être eût-il fallu l'inviter à boire un verre. Nous aurions pu échanger des formalités d'usage, puis, l'alcool aidant, trinquer à nos déboires, raconter mon arrivée au

Japon, reprendre un godet, mon métier, le sien, en reprendre un autre, puis un dernier, quoiqu'essayer ce saké au nom devenu imprononçable, pour enfin s'égosiller jusqu'à l'aube dans le premier karaoké du coin, puisqu'une beuverie nipponne ne peut décemment s'achever qu'ainsi.

Trop tard... il le fit à ma place :

— Vous avez prévu quelque chose après ce cours ?

— Non, rien de particulier.

— On peut continuer de discuter autour d'un verre, si ça vous convient.

— Ça me va très bien ! Vous connaissez un bon endroit dans les environs ?

— Je ne crois pas que les bars autour de la gare valent la peine. Par contre, j'ai en tête un restaurant pas très loin d'ici.

— Alors, je vous suis !

Nous finîmes de débarrasser en vitesse les tables, puis quittâmes l'atelier, nos branches entortillées sous le coude. Mon compagnon s'engouffra le long d'une ruelle figée de silence. Le quartier paraissait déjà assoupi dans la pénombre. Seuls mes minces talons résonnaient d'un claquement sec contre le pavement, dont les pierres, mouillées par une averse qui s'était abattue quelques heures plus tôt, réfléchissaient les halos blanchâtres du soir.

Il nous conduisit jusqu'à la devanture d'une échoppe tout juste signalée par un lampion au rouge électrique grésillant. Il y pénétra le premier en soulevant les tissus fendus. Quelques clients étaient déjà attablés le long du comptoir, derrière lequel se tenait un patron âgé. Nous prîmes place à côté de ces hommes qui bavardaient autour de bols de nouilles vides et de fonds de bière mousseuse. On devinait que ce lieu connaissait son cercle d'habitués. Ryûji se décida lui aussi pour du houblon. Je commandai quant à moi un verre *d'umeshu*, un alcool de prune que j'affectionnais tout particulièrement.

Je repris notre conversation :

— Et donc, hormis l'ikebana, que faites-vous dans la vie ?

— Je travaille pour un institut de statistiques.

— En quoi cela consiste-t-il exactement ?

— Pour faire simple, je réalise différentes études sur les entreprises japonaises.

— Quelle sorte d'études ?

— De toutes sortes… Des études sur l'état de santé des sociétés, sur les impacts des dernières mesures financières… Mais c'est un sujet un peu ennuyeux, vous savez.

— Je ne trouve pas, non. Sur quoi portent vos rapports en ce moment ?

— En ce moment… sur les effets des zones économiques spéciales, celles issues de la politique du Premier ministre.

— C'est pourtant loin d'être inintéressant !

— Tant mieux, dans ce cas.

— Cela fait longtemps que vous y travaillez ?

— Depuis que je suis diplômé, il y a une dizaine d'années environ.

— À vous entendre, j'ai l'impression que vous ne vous y plaisez pas beaucoup.

— Si, si, je m'y plais... assura-t-il sans réelle conviction.

— Mais vous auriez préféré être maître d'ikebana à temps plein, suggérai-je.

— Pas nécessairement. Il me semble important de garder un espace pour toute chose. J'ai un espace pour l'ikebana, deux fois par semaine, et cela me convient très bien ainsi.

— Je me demande d'ailleurs si l'on peut vraiment en vivre, de l'ikebana.

— On peut, oui. Nobura-*sensei*, par exemple, en a fait sa profession. Je connais également des fleuristes qui vendent leurs créations, ou en produisent sur commande pour des cérémonies.

— En tout cas, vous n'auriez aucun mal à vendre les vôtres : les clients se les arracheraient !

— Je vous remercie.

— J'aurais une question un peu franche à vous poser, si vous me le permettez.

— Mmmh... Oui, allez-y.

— Vous qui faites partie de la nouvelle génération, est-ce que vous aspirez à rester dans cet institut toute votre carrière ?

— Mmmh...

— Ou est-ce une mentalité déjà dépassée ?

— Mmmh… Je n'en sais rien.

Ses marmonnements évasifs indiquaient clairement que la question se voulait trop déplacée, ou du moins hors de propos dans ce cadre conversationnel. Pourtant, le sujet me semblait tout à fait passionnant ; je ne voyais aucun intérêt à échanger toute la soirée sur des banalités d'usage. Encore fallait-il qu'il ne s'enfermât pas dans cette carapace convenue.

— Je suppose que vos études ne se penchent pas sur ce sujet…

— Non, pas directement.

— Mais n'avez-vous pas votre idée sur la question ?

— Les temps changent, c'est sûr, finit-il par lâcher face à mon insistance, dans un soupir quasiment imperceptible. Le miracle économique appartient au passé. Je suis satisfait de mon emploi, mais je n'ai aucune idée de ce que l'avenir me réserve... Et vous ? Dans quel contexte êtes-vous venu au Japon ?

— Je travaille comme juriste pour la filiale d'un groupe français.

— Depuis longtemps ?

— Cela va bientôt faire un an.

— Est-ce que vous voulez y rester toute votre carrière ? lança-t-il d'un air goguenard.

— Sûrement pas !

— Ah.

— Vous remarquerez que les Français ont un avis bien plus tranché.

— Je vois ça... Est-ce le Japon ou votre entreprise qui vous déplaît ?

— Mon entreprise. J'ai toujours eu une passion insatiable pour votre pays. Les conditions de travail, en revanche, sont difficiles, et d'autant plus l'intégration parmi mes collègues.

— Pourquoi ça ?

— Pour être tout à fait honnête avec vous, j'ai le sentiment qu'un étranger ne pourra jamais s'intégrer pleinement ici.

— Ah oui ?

— Cela vous surprend ?

— Mmmh… Je ne sais pas, je ne peux pas vraiment me mettre à la place d'un étranger.

— Je ne dis pas que les Japonais sont méprisants ou désagréables avec eux, loin de là. Mais il me semble qu'il restera toujours un plafond de verre qu'aucun ne saurait franchir. Pas même un ami, un collègue, ni même un conjoint.

— Mmmh… laissa-t-il encore échapper en fixant son godet vide.

— Vous recommencez.

— Pardon ?

— Vous faites ce « mmmh » dès que vous vous sentez embarrassé.

— Je ne le suis pas !

— Ce n'est pas grave. Tous les Japonais le font, cela fait partie de votre mode de communication. Comme votre « éééé » que j'entends à tout-va.

— Beaucoup en abusent de celui-ci, cela dit.

— Surtout à la télévision.

— Encore plus à la télévision, oui.

— À ce sujet, je dois vous dire que vos émissions sont désastreuses. Je ne sais pas comment vous faites pour regarder ça !

— Soyez rassuré, je ne les regarde pas. Hormis le journal télévisé.

— Pourquoi d'ailleurs ces émissions débiles – vous m'excuserez – ont-elles un tel succès ? Et je vous en prie, ne me répondez pas « mmmh » cette fois.

Il rit de bon cœur, puis grimaça une mine concentrée.

— Mmmh…

— Vous essayez de m'embêter ?

— Euh... non ! Pardon, c'est un réflexe. Mmmh… Je dirais que les gens ont simplement besoin de se vider la tête. Ces émissions ne demandent aucune réflexion particulière. Au contraire, elles sont juste bonnes à capturer l'attention du téléspectateur.

— C'est un peu comme au marché : c'est à celui qui criera le plus fort.

— Oui, voilà.

— Certains disent qu'elles permettent de relâcher l'expressivité que les Japonais s'efforcent de contenir en permanence.

— C'est peut-être vrai. Mais je préfère ne pas toujours analyser les Japonais comme des rats de laboratoire.

— Ce que j'ai tendance à faire, je ne vous le cache pas.

Ryûji pria le patron de lui servir une seconde bière. Je me retins de commander un autre verre d'alcool de prune, tant je cultivais une certaine méfiance pour les liqueurs qui remplissent l'estomac laissé vide d'une ivresse sucrée. Je me demandais si toutes ces questions l'importunaient. D'un autre côté, il était à l'initiative de cette soirée, et ne s'était toujours pas enfui sous couvert d'un prétexte tout trouvé.

Je poursuivis :

— Je pense m'acheter des livres sur l'ikebana, pour approfondir ce que nous apprend Nobura-*sensei*.

— Si vous le souhaitez, je peux vous en conseiller quelques-uns.

— Avec plaisir, mais j'en cherche qui ne soient pas trop complexes. Je ne connais pas tant de kanjis que ça, alors je ne lis pas beaucoup.

— Certains textes sont même difficiles pour moi, vous savez. Surtout les plus anciens. Parfois, je suis obligé de les lire avec un dictionnaire.

— Faites comme moi : allez au rayon pour enfants !

— Pourquoi pas, si je n'y trouve pas que des coloriages.

— Est-ce que vous avez des enfants, d'ailleurs ?

— Non, tout de même pas ! Je suis encore jeune.

— Vous avez peut-être déjà quelqu'un ?

— Mmmh… Non, pas en ce moment, confia-t-il. Et vous ? Êtes-vous marié ?

— Non, je suis venu m'installer seul ici. Je vais me retenir de vous questionner sur le célibat au Japon, même si vous vous doutez que j'en meurs d'envie.

— N'est-ce pas ?

Comme il se faisait tard et que je le voyais reprendre un ton convenu, je lui proposai de refermer ce bref échange. Il acquiesça et, après avoir payé au gérant les quelques verres, nous quittâmes le modeste établissement. Il s'engouffra le premier dans la nuit épaisse. Je le discernai difficilement ; il semblait s'y faufiler avec l'allure d'un chat gris.

Quand nous parvînmes au point de départ, face à l'atelier, il m'indiqua partir en sens opposé à la gare. Je lui souhaitai alors une plaisante soirée, jusqu'à la semaine prochaine. Il fit de même.

Je montai de nouveau à bord du train pour le dernier tronçon. Cette fois, le wagon accueillait sa deuxième vague de passagers, ceux vêtus de noir et de blanc, principalement costumes, mais aussi chemisiers, surplombés de traits tirés par la fatigue et de regards évanouis. Le trajet en prenait des allures de procession funéraire.

Mais il était seulement neuf heures. Le plus difficile était de songer à tous les autres ; à ceux qui viendraient se succéder inlassablement jusque dans les rames les plus tardives ; à ceux qui formaient au loin ces carrés de lumière perceptibles aux fenêtres des gratte-ciels ; à ceux que l'on devinait, comme un jeu d'ombres chinoises, continuer de trimer malgré la nuit tombée.

Pour beaucoup, la soirée ne faisait même que commencer. Ces bourreaux de travail migreraient dans quelques heures par petits groupes, dans un rituel une fois encore savamment perpétué, allant le cœur vaillant noyer leur asthénie dans des verres d'alcool, se lamenter sur les excès caractériels de leur épouse ou les déboires de leur célibat, avant de tanguer vers chez eux pour y recevoir un savon de Madame… ou de personne. Certaines de ces épaves, en revanche, incapables de tenir debout, s'échoueront dans une ruelle sombre et y décuveront jusqu'à l'aurore du petit matin.

Naufrage d'un récit collectif à bout de souffle, cette traite moderne demeurait hélas perçue par la société comme un mal nécessaire, un sacrifice aux allures de bravoure guerrière sur l'autel de la prospérité familiale et nationale. Mais combien de ces samurais en col blanc périssaient chaque année – arrêt cardiaque ou encore suicide – après avoir enchaîné les semaines de cent heures, si ce n'était plus, au point que le phénomène s'était fait son propre nom – *karōshi* – littéralement « mort par surmenage » ? Il me devenait toujours plus insupportable de voir défiler ces détenus, auxquels je devinais la corde au cou et le boulet à la cheville.

Au fond, j'espérais que ma présence parmi eux, dans ce même wagon, à la même heure, cependant chargé des fragments en fleurs de mon ikebana, pouvait leur adresser une main tendue ou du moins un regard compatissant. Mais je savais que le seul bleu de mes yeux leur suffisait à penser l'écart.

# Chapitre 6

Le jeudi suivant, à la sortie du bureau, je pris conscience des chutes brutales de température annoncées toute la semaine dans les journaux. Le souffle glacial augurait la venue prématurée de la saison hivernale. Illusion de l'esprit, sûrement, les arbres semblaient se défeuiller à leur tour de leurs teintes chatoyantes. Le long de l'allée commerçante, les marchands s'adaptaient en conséquence : les magasins de vêtements ressortaient de leurs remises les pièces les plus chaudes, placées bien en évidence à la vue des passants ; les restaurants ajoutaient à leurs cartes des mets riches et retiraient ainsi *soba* froides et autres rafraichissements de l'été, tandis que certains boutiquiers allaient jusqu'à mettre en rayon des décorations de Noël.

Je décidai de faire une halte dans l'une des quelques librairies du quartier. Je restais à la recherche d'un ou de deux ouvrages au sujet de l'art floral, suffisamment accessibles pour un lectorat de mon niveau. J'avais conscience que ce type de manuel ne se trouverait pas facilement dans les environs. À juste titre, d'ailleurs : les étalages se montrèrent vides de tout livre d'intérêt et je pris finalement la direction de l'atelier, un guide de voyage sur l'Hokkaidō et un polar suédois sous le bras…

Cette halte infructueuse me fit une fois de plus arriver en retard. Je rejoignis les autres d'une excuse affectée et tirai la première chaise à portée de main. Ryûji, qui s'était assis à côté, m'adressa un regard amusé. Les plans de travail avaient tous été soigneusement préparés ; il ne nous restait plus qu'à attendre les sujets de nos productions. Au même instant, Nobura-*sensei* émergea de la remise située à l'autre bout de la pièce, nantie des végétaux de la semaine. Elle ne parut pas réaliser qu'un participant s'était entre-temps immiscé au groupe.

Ceux qui, comme moi, s'étaient vu attribuer par la professeure un style vertical reçurent pour cette fois-ci des lys ambrés, plusieurs branchages de poirier et du feuillage sombre de camélia. La rigidité des branches ne laissait que peu de liberté quant à la manière de mettre tous ces éléments en perspective. Il serait ainsi vain de chercher à se démarquer des autres.

Je glissai un œil vers la table de mon voisin, où la jonchaient, entre autres, des chrysanthèmes aux touches orangées, ainsi qu'un amas de feuilles rousses que Ryûji m'indiqua être de la vigne vierge. Mon choix de siège allait me permettre de contempler au plus près l'émergence de sa dernière œuvre.

L'enthousiasme que je ressentais était tel que mon propre ikebana me parut purement secondaire. L'étape de réflexion fut expédiée en vitesse : les combinaisons possibles étant loin d'être infinies, je me décidai pour une approche minimaliste grâce à des pièces très courtes et épurées. D'ailleurs, le contenant lui-même – un vase gris au col étranglé – empêchait toute extravagance.

Je commençai par y faire pénétrer deux fines branches de camélia, dont leurs feuillages vinrent à s'enchevêtrer naturellement. J'en sectionnai plusieurs pour y dégager de l'espace et les ordonnai avec précaution vers l'arrière. Les branches de poirier, en revanche, allaient me donner bien plus de fil à retordre. Bien que parées de sublimes nuances vives, elles étaient épaisses, inégales, et leurs feuilles paraissaient n'y tenir que d'un filament enroulé à la tige. J'en saisis une de taille moyenne que je fis doucement glisser dans l'encolure.

Mauvais choix… La composition en prenait des airs de banal pot à crayons. Je l'en extirpai et considérai une fois encore les pièces éparpillées sur mon plan. L'une d'entre elles, une sorte de i grec que j'avais spontanément mise de côté, attira tout compte fait mon attention. Elle s'insérait bien plus facilement dans le vase et ne demandait qu'à être écourtée de quelques centimètres. Pour finir, je piochai une fleur de lys, une seule, que je disposai bien au centre, afin que son éclat incandescent captât le regard.

Le résultat me parut satisfaisant, suffisant du moins pour que je pusse m'intéresser à ce qui prenait vie à ma gauche, dans un mutisme prodigieux. Ryûji travaillait méticuleusement une branche de vigne, que tantôt il courbait avec élégance, parfois sectionnait d'un coup sec, à croire qu'il avait perçu au premier coup d'œil la manière exacte d'en faire jaillir le potentiel esthétique. J'admirais surtout la façon dont ses doigts élancés effleuraient avec soin chaque ramure ; il semblait qu'il lisait du bout de l'index ce qui eût été gravé entre les striures de l'écorce.

Lorsqu'il estima cette première pièce convenable, il vint la fixer au creux de sa coupe, puis, se remit à exécution avec une seconde. Je me sentais au premier rang d'un théâtre anatomique, disciple médusé par cette précision chirurgicale avec laquelle il extrayait un à un les excès disgracieux.

Il s'attela ensuite au travail des chrysanthèmes. Il prit le temps de considérer chacun de ces pompons en fleur, avant de se décider pour trois des plus petits. Il eût été inconcevable d'y apporter la moindre correction : on ne pouvait reprendre la forme de cet insigne héraldique, pas plus que celle d'une pomme de pin. Ryûji les accrocha au niveau de la partie basse en veillant à les espacer suffisamment les uns des autres.

Il eut un geste de recul. J'essayai depuis ma place de sonder son regard pénétrant, d'y lire l'appréciation qu'il portait sur l'œuvre ainsi mise au monde.

Voilà, il reposa ses outils.

Quoique non... Il coupa finalement quelques-unes des branches les plus hautes, même si rien ne m'y parut inégal. Il fit doucement pivoter son ikebana vers la droite, puis vers la gauche, s'arrêta un instant, puis vers la droite encore, avant de se laisser plonger dans le dossier de sa chaise. J'en repris mon souffle.

Sa composition était pour le moins inhabituelle ; elle était tout à la fois d'une harmonie scrupuleuse, mais fièrement désordonnée. En cherchant à lui donner vie, ses feuilles de vigne prenaient la forme d'éventails érubescents, accessoires tape-à-l'œil que l'on imaginerait agités à bout de bras par trois danseuses aux froufrous de chrysanthèmes, ondulant en rythme dans un déhanchement enfiévré, nerveux – un flamenco de fleurs figé dans l'instant.

— Qu'en pensez-vous ? lança-t-il.

— Comment ?

— Cela vous plaît ? Je vous vois fixer sérieusement mon ikebana.

— Pardon… Oui, il est très réussi ! Vous aimez danser ?

— Danser ?

— Oui. Du flamenco, du tango…

— Mmmh… Non, je n'ai jamais essayé. Pourquoi cette question ?

— Par curiosité.

Je me mis à pouffer de rire en nous imaginant exécuter un cha-cha-cha au beau milieu de l'atelier. Son œil interloqué ne me suivait plus du tout.

Je repris mes esprits :

— Et vous, que pensez-vous du mien ?

— Mmmh… L'exercice était difficile, surtout avec des branches de poirier qui ne sont pas très habituelles en cette saison. Mais vous vous en êtes bien tiré, j'aurais sûrement fait quelque chose de similaire.

— Je crois d'ailleurs que tout le monde a plus ou moins fait la même chose, observai-je en parcourant de loin les autres travaux.

— Probablement... Je vais regarder ça.

Il se leva pour effectuer le tour de la salle. Je sortis mon téléphone de la poche et pris une photo de mon arrangement. Je la gardai pour Erwin, qui demandait souvent à voir ce que je savais produire. Notre professeure passa au même moment à ma table et ne trouva pas grand-chose à redire. « Nous allons avoir une très belle exposition », prédit-elle tout en poursuivant son chemin.

L'atelier se termina et Ryûji finit par retrouver son siège. Nous rangeâmes les outils et végétaux éparpillés de partout, avant de rapporter les vases aux armoires. Tandis qu'il enfilait lentement son manteau, j'attendais de voir s'il proposerait quelque chose, comme la semaine dernière. Il continuait de se rhabiller en silence. Son écharpe était presque nouée, et toujours rien...

Je me jetai à l'eau :

— Vous voulez qu'on aille manger quelque part ?

— Mmmh... Oui, pourquoi pas !

— Ou boire un verre, comme vous préférez.

— On peut aller dans un *izakaya* par exemple, puis voir sur place.

— Très bonne idée !

Les *izakaya* – une sorte de bar à vins – étaient des établissements très populaires, avec des horaires nocturnes étalés pour accueillir le flot de *salarymen* avides de spiritueux. Je n'en connaissais pas dans ce quartier, mais mon compère savait en dénicher rapidement sur Internet. Après quelques secondes de recherche, il en suggéra un qui était situé à quelques pas de la gare. Nous nous mîmes en route.

Le bâtiment jusqu'auquel Ryûji nous conduisit était d'une taille imposante, ce qui se comprenait au vu de sa situation stratégique. Un brouhaha sourd émanait de ses pans en bois. En nous glissant à l'intérieur, nous pûmes constater que le lieu était déjà pris d'assaut : plusieurs dizaines de clients s'amassaient en groupes autour de tables basses rectangulaires, agenouillés sur des coussins jonchant le sol. Des senteurs de friture se mélangeaient dans l'air à celles acides du vinaigre de riz.

« *Irasshaimase* ! ». Plusieurs cuisiniers alignés en rang d'oignon derrière un comptoir nous saluèrent à l'unisson. Je les observais préparer dans un rythme effréné une multitude de commandes, s'empruntant les ustensiles, passant les uns devant les autres, sans que l'un d'eux haussât la voix ou fît part du moindre reproche à l'encontre de ses collègues. Il me semblait de loin qu'aucun ne dépassait la trentaine ; il ne faisait guère de doute que cette vigueur était une condition de survie pour tenir la cadence. Un serveur plus jeune encore vint nous recevoir. Il vit que nous ne fûmes que deux et nous pria de monter à l'étage. Je réalisai seulement que l'établissement comportait en effet une mezzanine, accessible depuis un escalier étriqué.

À peine eus-je le temps de poser le pied sur la première marche qu'un autre garçon en descendit à toute allure, une pile d'assiettes en équilibre entre les mains. Mon acolyte me glissa un regard amusé.

La salle du haut s'étendait sur une quinzaine de tatamis bruns, dont les nuances reflétaient celles des lattes traçant le plafond. Au loin, de larges baies vitrées, séparées d'encadrements sombres, ouvraient sur les maisons du voisinage et leurs toits de tuiles pentues. Nous nous dirigeâmes vers le fond de la pièce, le long des rambardes qui bordaient l'étage. On y percevait le tintement clair et régulier de multiples *fūrin* – carillons à vent – dont les bandelettes de papier accrochées au battant ondulaient à la faveur des courants d'air frais. Cet emblème de l'été s'était visiblement maintenu une saison de plus. Une lumière tamisée, enfin, caressait les tables disposées çà et là, et auxquelles quelques clients s'étaient déjà installés en silence.

Nous prîmes place au sol, l'un face à l'autre, en déposant nos pièces d'ikebana sur le côté. Le jeune serveur se laissa glisser sur les genoux, puis nous tendit deux cartes épaisses. La liste de boissons et de plats proposés était tout simplement étourdissante. On y comptait une vingtaine de sakés, des liqueurs en tout genre, quantité de bières pression ou en bouteille, des vins, et même des champagnes. Côté cuisine, à peu près tout ce que l'on pouvait imaginer également, à l'exception peut-être de sushis. Ils savaient tout de même où s'arrêter.

— Vous qui aimez l'*umeshu*, vous allez être ravi, observa mon compagnon de soirée.

— Bon sang, mais il y en a une quinzaine !

— Je ne saurais même pas vous dire la différence entre tous ceux qui sont listés...

— Peut-être une question de degré d'alcool. Et de température, apparemment. Qu'est-ce que vous prenez ?

— Je vais commencer par une *Kirin*. Et vous ?

— Eh bien... *Yuzu-shu*... De la liqueur de yuzu ? Voilà qui me tente bien.

— Est-ce qu'on ajoute de quoi manger ?

Un regard malicieux de ma part valut acquiescement. Ryûji pressa le bouton d'une télécommande et un employé rappliqua quelques instants plus tard. Je demandai pour ce premier tour une entrée de tofu soyeux, des patates douces cuites au feu de bois et un bol de fèves de soja *edamame*. Le garçon partit aussi vite qu'il était arrivé.

Je poursuivis :

— Je ne crois pas vous avoir déjà posé la question, mais comment avez-vous commencé l'ikebana ?

— Mmmh... À l'origine, je pratiquais l'origami dans une sorte de centre culturel près de chez moi. Lorsque je m'en suis lassé, j'ai voulu m'initier à l'écriture de haïkus, mais je n'étais pas très bon... C'est très difficile, d'ailleurs.

— J'imagine bien. On pense parfois qu'il suffit de trois bouts de phrases un peu contemplatifs...

— Oui, c'est d'autant plus difficile que le texte est court, et que les maladresses sont donc flagrantes. J'avais préféré ne pas continuer. Par contre, ils proposaient des introductions à l'ikebana. J'y suis allé sur un coup de tête, parce que les photos me plaisaient, et j'ai tout de suite souhaité m'inscrire. Cela m'a beaucoup apporté. C'est un art qui apaise.

— Et la calligraphie ? Avez-vous essayé ?

— Seulement à l'école. Mais parlez-moi de vous : j'imagine que vous avez dû expérimenter d'autres choses que l'ikebana, n'est-ce pas ?

— C'est vrai. Cela dit, je suis très mauvais pour les travaux pratiques. Mes calligraphies de début d'année étaient de véritables torchons. Quant à l'origami, est-ce que vous comptez les petits bateaux ?

— Oui, oui. Même si ce ne sont pas forcément les plus compliqués, plaisanta-t-il.

— Dans ce cas, j'ajoute l'origami à ma liste.

— Et en France ?

— En France, rien de tout ça. Je passais surtout mon temps libre au musée, au cinéma...

— Ça n'en manque pas ici non plus, de musées et de cinémas.

— Vous habitez à Kumigawa ?

— Non, juste à côté, à Yugatari.

— Et où travaillez-vous ?

— Pour un institut de statistiques.

— Non, pardon. Je voulais dire, dans quelle ville ?

— Ah, pardon. Toujours à Yugatari.

— Vous avez de la chance. Beaucoup rêveraient de ne pas passer des heures dans les transports.

— C'est vrai. Je n'ai jamais quitté cette ville.

— Vous y avez vécu votre enfance ?

— J'y suis même né.

— Vous devez y connaître tout le monde !

— Mmmh… Tout de même pas. C'est une grande ville. Mais cela me permet de voir ma famille régulièrement.

Un plateau nous fut apporté avec tout ce que nous avions commandé. « *Itadakimasu* ! ». Je piochai de mes baguettes dans le bol de fèves comme je pouvais le faire dans un paquet de chips. Il s'attaqua quant à lui à une assiette de *tamagoyaki*, une sorte d'omelette enroulée au goût sucré-salé.

— Alors, ce *yuzu-shu* ? s'enquit-il.

— Très bon, mais je garde une préférence pour la prune.

— Lorsque vous aurez essayé les quinze, vous me direz lequel était le meilleur.

— Bien sûr, à condition que je sois encore en état de vous donner un avis…

Je notai qu'il venait déjà d'engloutir son verre, qu'il reposa d'un claquement sec contre la table. « *Umai* ! ». Il appuya une nouvelle fois sur le bouton et en commanda un autre. À ce rythme-là, il serait le premier à tituber…

— C'est drôlement joli ici, vous avez bien choisi, ajoutai-je en parcourant la pièce de loin.

— J'ai un peu décidé au hasard. Je me suis dit que ça vous arrangerait de dîner près de la station.

— Vous sortez souvent le soir ?

— Pas souvent, non. Ça m'arrive de prendre un verre avec des amis, mais rien de très régulier.

— Et avec des collègues, parfois ?

— Mmmh… Pas vraiment. Je préfère ne pas m'éterniser en semaine. J'imagine que vous non plus ?

— On m'a bien proposé quelques fois lors de mon arrivée. J'ai dû les accompagner à deux ou trois reprises, mais je n'y prenais pas beaucoup de plaisir.

— C'est un rituel très particulier. Je ne comprends pas trop l'intérêt qu'on y porte. Du moins, je le comprends, mais je ne le partage pas.

— Je peux vous demander pourquoi ?

— Disons que je trouve ça un peu… dégradant.

Ses mots étaient étonnamment incisifs. Il les prononçait sur le ton de la confession.

— De voir son supérieur avec trois grammes dans chaque bras ? ironisai-je.

— Vous savez, certaines personnes peuvent avoir des paroles ou des gestes très déplacés à cette occasion.

— Le comportement que peut avoir un employé envers certaines de ses collègues, je suppose…

— Par exemple, oui.

— Le comble, c'est qu'en voulant s'en épargner, on finit par subir l'ostracisme des autres.

— Les choses sont-elles si différentes là d'où vous venez ?

— Eh bien... On vous répondra que c'est déjà suffisamment pénible de se coltiner ses collègues toute la journée, qu'on ne va pas en plus jouer les prolongations !

— J'admire cette franchise ! Si vous n'aimez pas quelqu'un, vous n'aurez aucun mal à le lui faire comprendre.

— J'imagine votre sentiment de décalage... Surtout par rapport à ici, où il faut savoir se contorsionner pour refuser quelque chose.

— C'est vrai, admit-il d'un sourire gêné.

— D'ailleurs, vous ne vous êtes pas forcé à m'accompagner, j'espère ?

— Non, non, pas du tout !

— Vous pouvez être tout à fait honnête avec moi, vous savez. Je le suis avec vous.

— N'est-ce pas ?

Il marqua un silence. Je m'acharnais à attraper des morceaux de tofu, qui glissaient entre mes baguettes pour s'effondrer en charpie. L'entrée n'en était pas moins délicieuse ; un léger assaisonnement suffisait à parfaire cette pâte molle pourtant réputée insipide. Il entama sa seconde bière.

— Il y a bien quelque chose que j'aimerais vous demander, hésita-t-il.

— Je vous en prie.

— C'est un peu un stéréotype, mais on raconte que les Français passent leur temps à râler.

— Ce n'est pas tout à fait faux…

— D'où cela vient-il, selon vous ? Je veux dire… J'entends bien que c'est une question de culture, mais il y a souvent un ensemble de raisons pour l'expliquer, non ?

— Ehm… Disons que…

Je soupirai en essayant de trouver explication à une interrogation aussi vaste et complexe. J'envisageai d'esquiver le sujet, étant loin de pouvoir me prétendre érudit à ce propos, mais je réalisai que cela eût été couard de ma part, après toutes les questions de même nature que je lui avais obsessionnellement posées jusqu'à présent, et auxquelles il avait toujours tenté de répondre.

— J'ai le sentiment qu'il s'agit d'une façon de… de se sociabiliser. Se plaindre ensemble, c'est en quelque sorte se croire dans le même bateau.

— Et donc, créer du lien ?

— Oui, voilà. On se fait les victimes d'un même fardeau, qu'il soit réel ou fantasmé, et ainsi, les membres d'une même communauté d'intérêt, suggérai-je d'une traduction prudente. Vous pouvez aborder n'importe quel inconnu en lui proposant de se plaindre ensemble.

— Et si l'autre refuse ?

— Dans ce cas, si vous faites prendre conscience à quelqu'un qu'il gémit pour pas grand-chose – ce qui est souvent le cas, entre nous – il vous percevra comme une menace pour le groupe. Il se plaindra auprès des autres de votre comportement, ce qui resserrera le lien entre eux, puisqu'au fardeau s'ajoutent maintenant des détracteurs à la cause. Du moins, c'est ainsi que je conçois les choses.

— Alors qu'ici, critiquer, c'est justement remettre en question un ordre longtemps établi. Rien de mieux pour se mettre à l'écart de la société.

— Surtout lorsque cet ordre repose sur des préceptes réputés immémoriaux. C'est insulter sa patrie et ses ancêtres tout à la fois.

— Oui.

— Vous réfléchissez souvent à ces questions ?

— De plus en plus, je crois.

Dans un nouveau silence, je saisis la carte pour y trouver mon prochain plat de résistance. Un bouillon de fines nouilles aux légumes me faisait de l'œil. Je pressai à mon tour la télécommande et le premier serveur vint nous débarrasser de nos assiettes vides. Ryûji demanda un whisky, ainsi qu'un *unagidon*, un bol de riz recouvert de lamelles d'anguille.

— Est-ce que vous vous sentez seul au Japon ? m'interrogea-t-il avec une solennité venue de nulle part.

— Je vous donne l'impression de l'être ?

— Non, pardon. Je voulais dire…

— Rassurez-vous, je vous ai donné toutes les raisons de le penser. À juste titre.

— Mmmh…

— Mais ce sentiment m'accompagne partout où je vais, vous savez. Ici ou ailleurs. À force, j'en ai fait mon compagnon de route.

— Vous donnez justement l'impression d'explorer le monde à la recherche de réponses.

— C'est vrai.

— Les avez-vous trouvées ?

— En partie, oui. Vous m'y aidez d'ailleurs.

— Tant mieux si je peux vous être utile.

— Les cherchez-vous aussi ?

— De quoi ?

— Vos réponses.

— Lesquelles ?

— Je ne sais pas.

— Si j'ai quelque chose à trouver, ce ne sera pas à Yugatari.

— Vous n'avez jamais souhaité partir ?

— Si, souvent.

— Mais vous en avez peur ?

— Mmmh… C'est possible.

— Ce n'est pas nécessairement une mauvaise chose. Il n'y a pas besoin de partir à l'autre bout de la planète pour y vivre une existence qui fasse sens. Si elle est là où vous avez toujours été, j'en suis heureux pour vous.

— Vous avez sûrement raison.

— Mais je devine qu'elle n'y est pas. Sinon, vos ikebanas seraient bien différents.

— Quel est le rapport ?

— Vous vous évadez dans vos compositions. Littéralement.

— Vous trouvez ?

— Je vous ai bien regardé : vous sculptez ces plantes comme vous sculpteriez un nouveau monde.

— Je ne trouve pas. Ce soir, j'ai même fait un peu n'importe quoi…

— Justement.

— Et vous, quel sens donnez-vous à vos ikebanas ?

— S'ils sont censés être de nouveaux mondes, je n'aimerais pas y vivre !

Il éclata de rire.

— Tout s'y écroulerait : on vivrait dans les décombres ! Mais vu la vitesse avec laquelle les plantes crèvent chez moi, la damnation serait de courte durée…

— En même temps, n'attendez pas grand-chose de fleurs coupées.

— Je pourrais même faire faner du plastique.

— Vous leur donnez peut-être trop d'eau ?

— N'insistez pas, je suis incurable !

— Vous avez progressé récemment, j'ai trouvé.

— J'ai surtout compris la technique : plus vous êtes minimaliste, plus c'est facile. Vous accrochez deux brindilles en prétextant illustrer un courant zen, et le tour est joué.

— Mais moins il y a d'éléments, plus les erreurs sont flagrantes.

— Ah oui, comme les haïkus…

— Oui…

— Décidément, on ne s'en sort pas.

Nous finîmes de dîner en conversant de tout et de rien, de culture, de cuisine, de cette rétrospective dont j'avais aperçu l'affiche au cinéma municipal, trinquant un dernier verre de *shōchū*.

Étions-nous en train de refaire le monde comme deux piliers de bar, ou y avait-il là les échos d'une connivence profonde, de celle qui affaisse les frontières ? L'homme qui se tenait face à moi s'était métamorphosé par rapport aux premiers jours. Je suspectais les leurres de l'alcool, mais il aurait facilement pu siffler dix bières de plus. Le masque nippon auquel je m'étais si souvent confronté paraissait doucement s'effriter sous mes yeux. Le personnage n'y était sans doute pas pour rien ; depuis un certain temps déjà, lui-même devait en gratter le bois verni de l'intérieur, incapable de s'y fondre corps et âme tant il devait le questionner, l'examiner de chaque côté pour en deviner les fêlures. Je l'avais seulement invité à m'en faire part.

Au moment de repartir, l'étage inférieur de l'*izakaya* faisait encore salle comble. « *Arigatō gozaimashita* ! ». Nous reçûmes la même clameur des cuisiniers qu'à l'arrivée. Le quartier aux abords de la gare demeurait relativement animé. Beaucoup d'adolescents s'y étaient donné rendez-vous.

— Vraiment une très bonne adresse, observa Ryûji tout en émergeant du bâtiment.

— Oui, j'y reviendrai pour sûr.

— Et je réalise seulement que je n'ai même pas pris de vin... J'ai manqué une occasion, surtout en votre compagnie.

— Vous voulez connaître la vérité ? lançai-je après un instant de réflexion.

— Allez-y.

— J'aurais pu vous conseiller n'importe quel vin, vous y auriez senti un arôme exceptionnel.

— Mmmh… Vous pensez ?

— Surtout si avec cela, je vous avais murmuré en français « comment Monsieur trouve-t-il ce Saint-Émilion ? ». Vous m'auriez rétorqué : « oh oui, oui, tout à fait exquis ! ».

— Et moi, j'aurais donc pu vous vendre n'importe quel *nihonshu*, même le plus mauvais ?

— Peut-être même n'importe quelle liqueur de prune.

— Ah, pauvre de nous…

— Mais, si ça vous rassure, j'ai quand même quelques bonnes bouteilles chez moi. Et je sais ce qu'elles valent.

— Celles dans lesquelles vous plongez vos ikebanas ?

— Comment ça ?

— Vous m'avez dit utiliser des bouteilles de vin comme vases.

— Ah, oui, bonne mémoire... Mais c'était juste une fois, pour m'amuser.

— Selon vous, je serais donc obligé de les apprécier ? Même si vous les aviez achetées à la supérette du coin ?

— Vous ne me croyez pas ?

— J'ose prétendre à un minimum de libre arbitre, mais je me surestime peut-être.

— Vous voulez venir me prouver le contraire ?

— Eh bien… Oui, si j'y suis invité.

— Vous l'êtes.

Il fit donc le chemin jusqu'à la station, où les trains continuaient de circuler à un rythme régulier. Le wagon lui-même transportait encore une trentaine de passagers. J'observais Ryûji parcourir sérieusement les feuilles de papier journal qui entouraient ses végétaux, comme s'il cherchait à en deviner la date de publication. Mes pages provenaient quant à elles du quotidien *Asahi Shinbun* ; je lisais entre mes doigts une analyse politique sur la Diète déjà dépassée.

Quelques arrêts plus tard, je lui fis signe de descendre. Nous remontâmes l'allée principale de mon quartier, murée dans le silence d'un soir de semaine. Il portait ses pas toujours d'un œil affûté. Nous ne savions plus vraiment quoi nous dire. Arrivés à mon immeuble, je lui indiquai habiter au quatrième étage. Il s'arrêta au troisième. J'avais oublié qu'on ne comptait pas le rez-de-chaussée.

Il entra avec précaution dans l'appartement, déposant ses chaussures délacées dans le vestibule. J'avais laissé l'intérieur en vrac, après que je fus parti en retard le matin sans m'attendre à recevoir de la visite : des chemises abandonnées sur une chaise, des bouquins parsemant le sol, une tasse de thé au jasmin froid sur la table basse. Les volets n'étaient même pas fermés. La lueur limpide des réverbères s'immisçait entre les lames des stores et peignait de noir nos silhouettes au mur.

Silence de plomb.

Il se mit à parcourir le salon en considérant mes rangées d'étagères. Des carnets de notes raturés, une statuette de chat porte-bonheur, des babioles rapportées d'innombrables voyages, des manuels de japonais, des plantes mourantes… Il saisit une photographie sous cadre de Toscane, s'extasia d'un « ééééé » qui résonnait si apprêté de sa bouche.

Il se dirigea à la fenêtre pour en observer la vue, les mains gardées croisées.

Je m'avançai jusqu'à lui, derrière son dos, abaissai la cordelette des rideaux pour ne laisser s'infiltrer qu'un mince filet de lumière.

Ma poitrine me lancinait. Le sang en ébullition.

Son visage demeurait rivé vers l'extérieur. Je vins lentement entrelacer mes bras le long des siens.

Il ne bougeait plus.

Seulement sa respiration. Fébrile. Tremblante.

Je lui embrassai le cou, dont la peau pâle sembla frémir contre mes lèvres.

Il releva doucement la tête, se tourna vers moi, plongea ses yeux fiévreux dans les miens.

Je l'embrassai encore.

*

— Ça ne te dérange pas si je fume ?

— Non, je t'en prie.

Il s'extirpa des draps et fouilla au sol, dans la poche intérieure de son manteau, un paquet de cigarettes et un briquet. Une étincelle jaillit d'un claquement métallique. Il vint de nouveau s'allonger sur le dos, glissant sa main sous la nuque et le regard vers le plafond. Je l'observais songer en silence. La fumée qui s'exhalait de ses doigts fins traçait des volutes de cendre. Je haïssais l'odeur du tabac.

— Tu fumes souvent ?

— Quelques fois.

— Je l'ignorais.

— C'est normal, on s'est rencontré il n'y a pas si longtemps que ça.

Il n'avait pas tort. Je n'aurais pas aimé qu'il sût tout de moi aussi rapidement non plus. Je penchai mon visage vers le sien, et il ajouta :

— Mon père, surtout, fumait énormément.

— Mmmh... marmonnai-je par réflexe, embarrassé par son emploi du passé.

— Il n'avait pas une hygiène de vie très saine, cela dit. Il abusait du tabac, de l'alcool. Il restait au travail jusque très tard, commençait très tôt...

— Tu ne le voyais pas souvent ?

— Non, rarement. Puis il est mort. Un cancer du poumon. Toujours à enchaîner les paquets, ça n'avait surpris personne.

— Pourtant, tu fumes aussi…

Il laissa échapper un rire narquois.

— Ce n'est pas ce qui le contrarierait le plus, s'il me voyait, là maintenant !

Je me sentis bête ; il y avait là une chose que je n'avais même pas pris la peine de considérer.

— J'imagine qu'il défendait… comment dire… une certaine vision de la masculinité ?

— Plutôt, oui. Il était autoritaire, très respecté dans son entreprise. La figure du *salaryman* aguerri.

— Tu es fils unique ?

— Oui. Il devait sans doute placer de grands espoirs en moi, penser que je suivrais ses pas, voire que j'intègrerais la même entreprise. Mais tout ça ne m'a jamais intéressé.

— Et ta mère ?

— Ma mère ?

— Tu lui en as déjà parlé ?

— Non. Toujours à attendre que je lui présente ma future compagne. Elle s'impatiente d'avoir des petits-enfants.

— Tellement commun… soupirai-je.

— Elle me répète que je suis sa plus grande fierté, qu'elle ne parle que de moi à tout le monde. Par moments, elle se met à jouer les entremetteuses, à vouloir me revendre aux filles des voisines. Ça m'insupporte à un tel point... Et dans le même temps, je n'arrive pas à lui en vouloir.

— Et avec des femmes, tu as déjà essayé ?

— Très brièvement, à la fin de mes études. Mais ça ne marchait jamais. Il y avait toujours un détail qui me dérangeait chez elles : leurs mimiques, la manière qu'elles avaient de me présenter à leurs amies comme si j'étais un trophée, parfois juste leurs rires. Tout prétexte était bon à prendre... Et toi ? souffla-t-il d'une brume grise, tapant les escarbilles contre un cendrier de poche.

— Jamais avec des femmes, mais chaque fois des histoires malheureuses. Celles où tu finis par te perdre à vouloir sauver l'autre. Celles qui, à force, te désespèrent.

— Mmmh...

— Il y a une question que j'aimerais beaucoup te poser.

— Oui, vas-y.

— Pourquoi as-tu eu cette réaction, le premier jour ?

— Ah...

— J'ai été impoli en t'abordant ?

— Non, non...

— Ou alors c'était toi qui étais juste mal luné ?

— Je... Ehm... Je ne sais pas trop. Je me suis un peu demandé ce que tu faisais là.

— C'est le fait de voir un étranger dans le club qui t'a perturbé ?

— Non, non, pas du tout.

Je le dévisageais sérieusement, sans vraiment comprendre ce qui avait pu le motiver à ce moment-là.

— Je crois que sur l'instant… j'étais un peu jaloux.

— Jaloux ?

— Oui…

— Jaloux de quoi ?

— Je ne sais pas… Tu arrivais là, en grande pompe. Tout le monde se demandait qui était ce mystérieux Occidental qui débarquait d'une autre planète. Tout le monde s'intéressait à ce que tu faisais.

— Ah, je vois. Tu n'as pas aimé que je te vole la vedette.

— Mmmh… maugréa-t-il comme un gamin grondé.

— Mais tu as quand même bien vu le désastre qu'a été mon premier ikebana !

— Je n'ai pas dit que ma réaction avait été sensée, loin de là. Et j'en suis encore désolé.

— C'est donc si important pour toi, que l'on admire ton travail ?

Je restais à le fixer en silence. Je savais qu'ainsi, il finissait par se confier. Mon intention n'était pas de le coincer, mais plutôt de l'encourager à s'ouvrir davantage, qu'il osât s'extraire de cette posture qu'on lui avait prescrite et qui l'étouffait tant.

— Un peu, je crois, admit-il après un temps de réflexion, une fois son mégot éteint rangé dans l'étui en métal. Je me sens tellement libre lorsque je compose… J'ai le sentiment de pénétrer un espace où seul l'instinct nous guide. Comme si l'on ne pouvait qu'y écouter notre nature profonde ; celle qui nous fait dire depuis des millénaires ce qui est beau et ce qui ne l'est pas. Comme un retour à un état primitif, mais qui est de notre essence. Tu vois ce que je veux dire ? Tout le reste n'est que superflu, inutile. C'est un autre moi qui prend vie, à ce moment-là. Et si les gens apprécient mon travail, si l'on me répète que j'ai quelque chose d'inné, alors j'ai le sentiment que cet autre moi existe bel et bien, et qu'il est beau à voir. Beau à exister.

— Pourquoi ne le serait-il pas ?

— Tu sais, lorsque la société te ressasse en permanence que tu n'y as pas ta place, que l'on devrait te cacher comme un être impudique, tu finis par l'intégrer, consciemment ou non.

— Je le sais bien, mais c'est tellement faux. Tellement aberrant. Encore plus au Japon.

— Tu penses ?

— Bien sûr ! Prends ne serait-ce qu'un pas de recul : ton voisin te dira que deux hommes ensemble, c'est immoral, une indécence, une atteinte aux valeurs héréditaires de l'Archipel. Alors que durant des siècles, ces mêmes relations avaient force traditionnelle, dans le clergé, dans les cercles militaires…

— Oui, je sais. Jusqu'à l'ère Meiji, lorsque le pays s'est mis à emprunter les normes soi-disant modernes de l'Occident.

— Et l'on ose parler de conformité à l'esprit nippon ! Quelle vaste blague !

— Mmmh… soupira-t-il.

— Qu'on ne s'y trompe pas : le mythe japonais n'est pas moins souple que n'importe quel autre mythe. On peut facilement le tordre pour lui faire envelopper ce qu'on veut, et apposer le tampon « ancestral » dessus. Aujourd'hui, on te raconte que l'amour de deux hommes est honteux, et l'on s'étonne, comme certaines membres de l'atelier, qu'ils puissent s'intéresser à l'art floral. Là où le *salaryman*, lui, serait le descendant de ses ancêtres guerriers. Dans le même temps, on oublie les accords fraternels que scellaient deux samurais amants, tout comme on passe sous silence leur pratique de l'ikebana avant le combat. Alors ? À quel fils revient l'héritage, en définitive ?

Malgré l'obscurité de la chambre, je discernais un sourire étouffé sur ses lèvres. J'étais certain qu'il me comprenait. Il craignait seulement d'affronter un monde vierge ; un monde dépourvu de ces histoires que l'on se narre, se transmet et transforme au gré des époques, qui l'habillent pour en cacher le gouffre infini et pétrifiant.

— Tu es sans doute plus japonais que je ne le suis, finit-il par déclarer d'un ton solennel.

— Qu'est-ce qui te fait dire ça ?

— C'est bien toi qui veux tout savoir, tout comprendre de ce pays. Moi, il ne m'intéresse pas tant que ça.

— C'est parce qu'il a valeur d'acquis pour quelqu'un qui y a passé sa vie. Et en quoi cela me rendrait-il japonais ?

— Je ne sais pas. Si c'est un mythe, chacun n'est-il pas libre de se l'approprier ?

— Probablement. Encore faut-il que d'autres le reconnaissent. Il n'a de force que si suffisamment d'individus l'intègrent également. Mais cela a-t-il seulement un sens d'être japonais ? Personne ne l'est en réalité. Simplement, quelques-uns croient l'être.

— Alors rien ne nous empêche d'y croire tous les deux.

— Mais pourquoi voudrais-je l'être à tout prix ?

— N'est-ce pas le cas ?

— Tu dis que je souhaite tout comprendre du pays, ce n'est pas tout à fait vrai. Je ne pourrai jamais prétendre connaître tout le Japon, et je ne le souhaite pas d'ailleurs. J'ai envie de garder une part de mystère, de mourir en sachant qu'il me restait encore à découvrir… C'est bien ce qui rend la chose grisante !

— Alors, pourquoi t'intéresser autant à ce pays en particulier ? Pourquoi pas la Corée, ou l'Inde ?

— J'aimerais te répondre que c'est un hasard, mais je sais bien que ce serait un mensonge.

Il se tourna à son tour vers moi, la tête posée dans le creux de ma main et la sienne effleurant mes joues. Ses yeux scrutaient chacun de mes battements de cils.

— Je ne sais pas… Je dirais que votre capacité à unir rigueur et créativité m'inspire beaucoup. Je m'y sens bien, à ma place. Ou du moins, j'aimerais m'y sentir à ma place.

— Ça me paraît honnête… Après tout, tu manies le droit, les contrats, les procédures en journée, et tu composes des ikebanas le soir, n'est-ce pas ?

— C'est vrai.

— Et pourtant, cela peut sembler paradoxal, tu ne trouves pas ?

— Car l'une compense l'autre.

— Et pourquoi ce besoin de rigueur, à l'origine ?

— Je peux te retourner la question.

— Bien sûr, mais on le comprend facilement pour un peuple entier. Tu ne peux pas encadrer cent vingt millions d'êtres humains sans un minimum d'ordre. On le comprend d'autant mieux, d'ailleurs, lorsque ces cent vingt millions sont en permanence menacés de tremblements de terre, de tsunamis, d'éruptions volcaniques, de typhons… Mais toi ? Tu n'es qu'un.

— Oui.

— Alors, pourquoi ?

— Je n'en sais rien… hésitai-je d'une bouffée lourde. Ça me rassure.

— En quoi est-ce que ça te rassure ?

— Ça me rassure sur le fait d'avoir bien agi : si je suis scrupuleusement la règle adoptée par tous et qui s'impose à tous, on ne peut pas venir me le reprocher.

— Mais pourquoi viendrait-on te le reprocher ? Que crains-tu ?

— Je n'en sais rien…

— Qu'on t'emprisonne ?

— Non. Bien sûr que non.

— Qu'on te mette au ban ?

— Non…

— Alors quoi ?

— Qu'on ne m'aime plus.

— Qu'on ne t'aime plus ?

— Qu'on m'abandonne. Qu'on me jette comme un vulgaire déchet. Parce qu'un jour, subitement, on a décidé que je ne méritais plus d'être aimé. Parce qu'on prend soudain conscience qu'en réalité, ce qu'on pensait être une règle immuable, celle selon laquelle tout ira bien en faisant tout comme il faut, voire plus encore, ne valait rien. Et que les figures que l'on pouvait révérer, celles qui nous faisaient croire sain et sauf contre les menaces de ce monde, n'avaient jamais existé... Je préfère crever de solitude plutôt que de subir ce deuil !

Il ne répondit pas.

Ryûji demeurait ainsi étendu, muet, à me regarder mouiller ses doigts de mes larmes. Je finis par me glisser jusqu'à lui, par l'étreindre entièrement, le visage pressé contre sa poitrine aux palpitations duveteuses.

Peu importait que nous fussions français ou japonais. Peu importait les vicissitudes de notre existence. Allongés nus dans cette chambre, nous étions comme deux amants contemplant les étoiles d'un ciel d'été, blottis contre le souffle de la nuit. À mesure que la pénombre nous abîmait, nos corps entrelacés devenaient une nouvelle constellation de cet empyrée, à la dérive du temps.

Les mots s'évaporent, les craintes se désagrègent, les émotions meurent ; dans ce néant de la pensée, il n'existait plus qu'une seule certitude : nous étions.

# Chapitre 7

Ryûji partit dès l'aube. Il devait encore rentrer chez lui pour se changer, avant de prendre la direction du bureau. Par ma faute, l'envie de le garder égoïstement quelques minutes de plus le fit s'échapper avec beaucoup de retard.

— Attends, tu n'as pas mon numéro ! lui rappelai-je avant qu'il ne quittât l'appartement.

Il sortit de son portefeuille une carte de visite qu'il glissa à la hâte sur le meuble à chaussures.

— Voilà, il y a tout dessus.

— Et ton ikebana ? Tu ne l'as pas pris.

— C'est pas grave, garde-le !

— Tu es sûr ?

— Oui ! Désolé, je dois vraiment y aller. À plus tard !

— À plus tard…

Il referma doucement la porte derrière lui et fila en vitesse par les escaliers. Je vérifiai tout de même qu'il n'avait rien oublié sur son passage. Seuls ses chrysanthèmes avaient été laissés sur la table ; je les plongeai avec mes végétaux dans le premier vase à portée de main. En y faisant couler un fond d'eau, je remarquai seulement les bouteilles de vin alignées sur le comptoir de la cuisine. Je ne lui en avais même pas proposé…

J'arrivai moi-même au travail tard dans la matinée. Étrangement, cela ne m'affecta pas plus que ça. J'avais désormais le sentiment de ne rien devoir à personne, que tous ces tourments professionnels, toutes ces angoisses pour de malheureux bouts de papier que l'on désignait par « contrats », n'avaient plus aucune signification ni emprise sur moi. Je continuais de me présenter chaque jour en ce lieu uniquement parce que je le choisissais, et non parce que je le devais pour une quelconque raison.

Erwin fut surpris de me voir débarquer l'air de rien, mais sans explication spontanée de ma part, il préféra ne pas évoquer le sujet. Ma boite mail était saturée de demandes urgentes. On m'avait envoyé la veille à vingt-deux heures une invitation à une réunion qui avait déjà commencé. Tant pis.

Je proposai de prendre un café à mon collègue, qui m'accompagna en salle de repos.

— Comment était l'atelier hier ? lança-t-il, comme pour y déceler les raisons de ma soudaine insouciance.

— Très bien ! Attends, je t'ai pris une photo cette fois.

J'affichai sur mon téléphone l'image de ma composition que j'avais capturée en pensant à lui.

— Tu t'es bien amélioré !

— Tu trouves ?

— Oui, ça ressemble davantage à l'idée qu'on se fait de l'ikebana. C'est nettement plus épuré.

— Eh bien… Merci beaucoup.

— D'ailleurs, quand aura lieu votre événement à la mairie ?

— Le samedi de la semaine prochaine, à dix heures.

— Déjà ?

— Oui, mais ce sera une petite organisation. Un peu comme une fête de quartier.

— J'essaierai d'y passer, peut-être avec ma fille si elle n'aura rien de prévu. Et le Japonais qui t'avait mal accueilli, est-ce qu'il vient toujours ?

— Oui, toujours. Mais ça va beaucoup mieux maintenant.

— Ah oui ?

— On a même dîné ensemble hier.

— Vraiment ?

Le sourire à moitié étouffé sur mes lèvres me trahissait ostensiblement.

— Effectivement, la situation s'est bien améliorée… observa Erwin d'un ton évasif.

Il n'était pas dupe. Mais suffisamment retenu pour ne pas chercher à me soutirer davantage d'informations.

— Et sinon, comment vont les choses de ton côté ? repris-je.

— Rien de bien extraordinaire. Ma femme reçoit de plus en plus de demandes pour ses cours particuliers.

— Ceux en allemand ?

— Non, en anglais. C'est ce qui intéresse le plus.

— Elle voit passer plutôt quels types de profils en ce moment ?

— Apparemment, ses élèves sont de plus en plus précoces. Elle donnait des leçons à un enfant de trois ans hier...

— Elle doit avoir l'impression de jouer les jeunes filles au pair !

— Un peu. Mais ce qui l'étonne surtout, c'est le nombre d'activités extrascolaires que ces gamins cumulent. Des fois, elle en récupère certains à la petite cuillère.

— Puis ce doit être difficile d'en parler aux parents...

— Oui. Ma femme avait alerté une cliente que son fils n'arrivait plus à se concentrer. La mère n'a pas changé le rythme, par contre, elle a changé le professeur !

— Et des employés de bureau, elle en reçoit également ?

— De temps à autre. Elle voit passer beaucoup de responsables dans la cinquantaine qui souhaitent se mettre à niveau pour le travail.

— Je crois que certains dans la boite suivent des cours à côté. Comment sont-ils en tant qu'élèves ?

— Très appliqué, à ce qu'elle m'a dit. Son impression est qu'ils ne veulent surtout pas la décevoir, c'est presque un point d'honneur pour eux. Alors ils progressent vite. Surtout à l'écrit.

— Ta fille aussi pourrait se faire de l'argent de poche en donnant quelques cours.

— Mieux vaut ne pas trop compter là-dessus…

— Ça ne l'intéresse pas ?

— Ce qui l'intéresse en ce moment, c'est de devenir chanteuse ou mannequin. Les gens la complimentent tellement sur son apparence qu'elle l'envisage de plus en plus sérieusement. Pourquoi pas, tu me diras.

— Mais ça ne te branche pas… suggérai-je.

— Disons que je ne voudrais pas qu'elle plaque tout dès le lycée pour ça. Et je ne veux pas qu'elle prenne la grosse tête non plus… Tu sais à quoi on la compare ? Une poupée !

— Effectivement, c'est plutôt flatteur.

— On demande même à la photographier dans la rue, alors forcément…

Son désarroi de papa poule était touchant, mais j'entendais parfaitement sa méfiance envers le monde impitoyable qui appelait au loin sa protégée. J'espérais pouvoir échanger avec elle un jour, ne fût-ce que pour connaître l'expérience d'une adolescence vécue sur l'Archipel, à l'antipode de son berceau germanique.

À quel point les choses eussent-elles été différentes, si j'avais moi-même été un gamin de seize ans, vagabondant sous l'aurore chaude du Soleil-Levant ? Une dizaine d'années plus tard, y serais-je resté ? Ces spéculations me ramenèrent à Ryûji, à l'existence qu'il avait dû mener ici, à Yugatari, lorsqu'au même moment, je vivais la mienne à l'autre bout du monde. Il y avait encore tellement de sujets que je souhaitais aborder avec lui…

En retrouvant mon poste, je sortis de ma mallette la carte de visite qu'il m'avait laissée plus tôt dans la matinée. L'attente était trop forte : je décidai de lui adresser un message au numéro de téléphone indiqué. Comme il était sûrement à usage professionnel, j'optai pour une question simple et concise. « Salut, tu as quelque chose de prévu ce week-end ? ».

Envoyé.

J'en revins à mon ordinateur. Ma liste de courriels n'avait hélas pas désempli par enchantement. Je demeurais là, hébété, face à l'écran. Quelque chose avait assurément rompu à l'intérieur. Ce bureau étréci, ces fenêtres floues, ces piles de dossiers, la piaillerie incessante des notifications, les voix étouffées des collègues derrière les cloisons blanchâtres… Tout cela me nouait la gorge jusqu'à l'écœurement. Je discernai l'œil d'Erwin glissé par-dessus son poste, étonné de ne pas entendre le moindre son de ma part, ni une touche de clavier, ni un clic de souris, ni même un soupir. Mon voisin aurait pu me coller une étiquette « en panne » sur le front.

En panne, je le restais pratiquement la journée entière, sauf pour la pause-déjeuner, comme un vieux chat replet qui ne daignerait se montrer qu'au résonnement de la gamelle contre le sol carrelé. Un collègue que je croisai au retour du restaurant m'interrogea justement sur mon absence du matin. Je prétextai la migraine, en feignis presque la syncope.

Mon soulagement fut donc entier une fois rentré chez moi, avec la perspective d'un week-end de repos. Je vérifiai pour la quinzième fois mon téléphone : toujours pas de nouvelles de Ryûji. S'il n'avait pas eu le temps de me répondre plus tôt, ou si cela l'embarrassait de m'écrire au travail, il finirait par me faire signe dans la soirée.

Je commençai d'ores et déjà à planifier d'éventuelles sorties. Un film d'animation encensé par la critique demeurait à l'affiche du cinéma de Kumigawa. Il ne l'avait peut-être pas encore vu non plus. Je songeai également à une balade, voire à une visite étalée sur deux jours. Nous pûmes tout à fait réserver une chambre d'hôtel. J'avais justement laissé sur mon carnet de voyage quelques lieux qui se prêtaient à pareille escapade. Dans l'hypothèse où il eût seulement préféré se voir un après-midi, il y avait tout ce qu'il fallait dans les environs : des parcs, des centres commerciaux, des karaokés… Je rêvais de m'essayer au célèbre karaoké nippon.

À vingt-trois heures, toujours rien. Peut-être s'était-il endormi. Peut-être encore trinquait-il au restaurant avec des connaissances, sirotant la nuit comme ses verres la veille au soir. Mon impatience ombrageuse me fit sentir plein de honte. J'allai me coucher.

*

Le samedi midi, rien non plus.

Tant pis pour l'idée d'une échappée langoureuse à deux. Cette fois, je m'autorisai à l'appeler. Je souhaitais seulement savoir si je devais ou non faire sans lui. Après plusieurs tonalités, une voix robotique m'informa que mon correspondant était injoignable.

J'en restai là et partis acheter quelques provisions. Dans le doute, je pris un peu plus que d'habitude, de quoi concocter des sandwichs ou un plateau télé, selon l'optique des prochaines heures. Puis, déjà de retour, une série de reportages animaliers me captiva tout l'après-midi. Je fus médusé par une séquence tournée en pleine savane, au cours de laquelle un phacochère, couché sur le flanc, se laissait grassement débarrasser les parasites par un groupe de mangoustes, symbiose dont les petits mammifères soutiraient une précieuse source nutritive, sans craindre l'offensive du...

Une vibration de mon téléphone me fit sauter en l'air : ma batterie était faible.

Je fulminai.

Que les heures étaient pesantes lorsqu'on pouvait bêtement attendre ainsi ! J'essayai de nouveau d'appeler Ryûji, mais la tentative aboutit une fois encore sur sa boite vocale. Sans nouvelles de sa part d'ici le lendemain, je me résignais à aller au cinéma sans lui.

\*

Le dimanche midi, dans la salle obscure et surchauffée du complexe municipal de Kumigawa, le fauteuil à ma gauche était vide.

\*

Les gouttelettes de pluie ruisselaient lentement le long des fenêtres du wagon. Dans leur reflet, l'ondée esquissait d'épaisses larmes aux joues des voyageurs. Leurs mines graves, fades, tirées par le sol, semblaient une fois encore annoncer le passage d'une bière en fleurs entre les compartiments. L'air était moite. Irrespirable.

Lorsque le train fit une nouvelle halte, je m'en extirpai précipitamment, le souffle coupé, bousculant plusieurs épaules dans ma fuite. Je me faufilai jusqu'à la sortie en me concentrant sur le marquage fléché. Les abords de la gare grouillaient tout autant de monde. Mon cœur palpitait à un rythme effréné. Les fossoyeurs étaient encore là, partout, à chaque recoin, entrant et sortant de chaque bouche, sans se toucher, sans même se regarder ; livides comme l'hiver, froids comme la mort.

Je trouvai un minuscule parc au bout d'une rue adjacente, tout juste assez large pour accueillir une balançoire et un banc. Je m'assis en laissant ma respiration pantelante ralentir peu à peu.

J'étais à bout.

Le début de semaine avait été insupportable, pressé par l'entreprise pour compenser les mauvais résultats et accélérer la cadence, encore et encore. Le silence de Ryûji depuis maintenant six jours n'arrangeait rien. J'avais inlassablement passé en revue toutes les hypothèses – perte de téléphone, changement de numéro, si ce n'était hospitalisation – afin de me rassurer, me convaincre que je désespérais pour un rien.

Et pourtant, cette attente misérable ne m'était que trop familière. Je percevais déjà, planant au-dessus de ma tête, le croassement railleur d'une bande de corbeaux.

Je savais où le trouver. Nous étions mercredi ; il allait se rendre au premier créneau hebdomadaire de l'atelier.

Le doute me saisit néanmoins. Cela ne faisait même pas une semaine que nous nous étions vus. Jusqu'où se bornait l'obsession ? Étais-je en train de me laisser dévorer par les tares de notre monde moderne, celui devenu si impatient, si infantile, pour exiger l'immédiateté permanente ? Ces deux amants vêtus d'une armure, plusieurs siècles plus tôt, n'auraient-ils su chacun attendre le retour de l'autre ?

Je réfléchis.

Non, c'était parfaitement idiot. Ces deux-là n'avaient pas de *smartphone* glissé sous la cuissarde. Surtout, les récits avaient beau avoir mille fois changé, l'être humain, lui, était resté le même. Cet instantané rendu possible aurait pu corrompre n'importe lequel d'entre nous, qu'il eût un sabre ou un porte-documents à la main.

Je retournai à la gare.

Lorsque j'arrivai au local, les fenêtres étaient trop hautes pour que je pusse y entrevoir les participants. J'hésitai à patienter dehors jusqu'à la fin du cours, de manière à l'intercepter juste avant qu'il ne disparût une fois de plus. Mais la séance venait seulement de commencer ; j'étais bon pour grelotter durant une heure.

Finalement, la colère d'être ainsi humilié prit le dessus. Je sonnai à l'interphone. Nobura-*sensei* vint rapidement ouvrir la porte et m'adressa le même regard interdit que la première fois.

— Excusez-moi du dérangement… chuchotai-je en courbant la tête.

— Bonsoir… N'est-ce pas plutôt le jeudi que vous venez ?

— Si, si. Pardon. Je voulais savoir : est-ce que Ryûji est là ?

— Ryûji ?

— Oui.

— Mmmh… Non, il ne s'est pas présenté aujourd'hui.

— Vraiment ? Vous a-t-il donné une raison particulière ?

— Non, je n'ai pas reçu de mail de sa part. J'ai pensé qu'il serait en retard, mais il n'est toujours pas arrivé…

— D'accord… Dans le cas où il viendrait, pourrez-vous lui dire que je suis passé ?

— Est-ce grave ?

— Non… non. J'ai simplement oublié de lui rapporter un manuel d'ikebana. Je me suis dit qu'il pourrait en avoir besoin pour aujourd'hui.

— Je vois…

— Mais ça ne fait rien, je le lui rendrai moi-même demain. Encore désolé pour le dérangement. Au revoir.

— Je vous en prie…

La porte se referma dans un léger claquement. Je n'avais pas anticipé pareille absence. Cela ne doucha pas mes craintes, bien au contraire. Essayait-il par tout moyen de me fuir, ou bien quelque chose de plus grave encore s'était-il produit ?

Sur le chemin jusqu'à mon immeuble, des idées plus funestes les unes que les autres se mirent à hanter mes pensées, s'incarnant en forêts brumeuses et falaises abruptes. Je recherchai en ligne les instituts de statistiques à Yugatari. Il n'y en avait qu'un. En dernière ressource, sans aucun signe de vie d'ici plusieurs jours, je me gardais la possibilité d'y faire un détour.

*

Le lendemain, toujours sans la moindre nouvelle, je me rendis à l'atelier plus anxieux et froissé que je ne l'eus jamais été. J'ignorais quelle attitude prendre s'il osait mielleusement se présenter à moi.

J'arrivai parmi les premiers. Ma tension était trop vive pour que je pusse me mêler aux autres l'air de rien. Je tirai une chaise au fond de la pièce et sortis mon téléphone de la poche, en surveillant d'un œil noir chacune des entrées. La salle se remplit peu à peu.

Au terme d'un quart d'heure de brouhaha léger, la professeure prit la parole.

Une personne manquait à l'appel.

Je n'écoutais plus. Mon visage s'écrasait contre la paume de ma main ; l'index de l'autre traçait des ronds dans la coupelle d'eau. Mon reflet défiguré ondoyait à la surface. Je ne finis par lever les yeux qu'au bruit des chaises traînées en chœur. Ignorant où piocher mes fleurs, je me fiai à mes camarades novices.

— Soyez appliqués ! Il vous faudra reproduire la même chose samedi matin avant la cérémonie, indiqua notre *sensei*.

J'allai la voir.

— Je n'ai toujours pas pu rendre son livre à Ryûji. Vous ne savez pas quand il sera revenu par tout hasard ?

— Non, malheureusement. Il m'a simplement prévenue par mail qu'il était malade.

— Il vous a contactée ?

— Oui, ce matin.

Je retournai à ma place en bouillonnant de rage.

Malade, n'est-ce pas… Pauvre homme ! La lèpre avait dû lui ronger les deux bras, pour qu'il ne pût me donner le moindre signe de vie ! Tout juste assez de chair pour écrire à sa professeure d'ikebana, puis une fois mon tour venu – notons l'ordre – les membres lui étaient déjà tombés ! Si près du but…

Ces ruminations me firent perdre toute concentration sur mon travail. Mes yeux percevaient les végétaux placés sur la table, mais l'image ainsi produite n'était plus traitée comme information par ma matière grise. Je saisis mécaniquement les cisailles à ma droite. J'ignorai quelles fleurs étaient les victimes de mes mains devenues métalliques, mais seul le crissement répété et lapidaire des lames trouvait écho dans ma boite crânienne. Il me sembla uniquement distinguer quelques nuances jaunâtres.

Après plusieurs minutes, je sentis tenir entre mes doigts une branche épaisse, suffisamment solide pour résister au poids des entailles. Je serrai des dents : en pressant les pinces de toute ma hargne, comprimant l'outil comme un forcené, le bois finit par casser d'un craquement sec, propulsant une extrémité jusqu'à la table adjacente. Je pivotai sur mon siège afin de la récupérer.

En levant le regard, l'air effaré qui teintait le visage de ma voisine, ses sourcils durs, les lèvres figées et mutiques, eurent l'effet d'un coup de gong.

— Pardon.

Je pris la branche, la reposai honteusement le long de mes instruments, attrapai mon manteau, puis quittai l'atelier par l'arrière-porte.

L'averse qui s'abattit contre ma tête produisit une vapeur blême. Ma rancœur était devenue silence. Je retrouvai la station avec la moiteur d'une âme en peine.

Dans le wagon embué du retour, mon souhait le plus cher avait été exaucé : jamais n'avais-je autant disparu parmi la foule.

# Chapitre 8

Sans connaître l'heure précise des préparatifs à la mairie, je fis le pari de m'y présenter dès l'ouverture. Ce choix fut le bon : plusieurs membres du club s'activaient déjà dans le hall, arrangeaient de longues tables sur roulettes, transportaient des caisses en bois et des nappes enroulées. Dans le groupe qui comptait quelques visages inconnus – ceux du premier atelier de la semaine –, Nobura-*sensei* donnait des instructions à ses apprentis. Le ton était directif et soucieux du moindre détail.

Lorsque les rangs se dispersèrent, je l'amenai à l'écart quelques instants. Je lui offris mes plus plates excuses pour ma fugue de la veille, sans même avoir pris la peine de ranger mon matériel. L'enseignante ignorait presque de quoi il retournait. Elle me pardonna sans s'attarder et me proposa plutôt de lui prêter mainforte avec les végétaux restés dans le coffre de sa voiture. Nous n'avions que peu de temps et le plus dur restait à venir. Il fallait encore que chacun reproduisît dans la demi-heure son dernier ikebana, à l'abri des regards, dans une salle annexe où tous les instruments avaient été préparés.

Dans mon cas, j'allais devoir me montrer inspiré en plus d'être efficace…

Je pouvais heureusement compter sur ma fulgurance artistique longtemps éprouvée : je récupérai des feuilles indéterminables qui traînaient dans une jarre, quelques lys, une chute de bambou égarée au sol, un vase minuscule, une pince ; m'assis sur la première chaise où je sectionnai les tiges à ras, émondai tout ce qui dépassait de près ou de loin ; coupai court, très court ; plaçai une feuille en arrière, un bulbe rose bonbon, le bambou, un bout de racines folles ; compressai la base pour que tout cela tînt, puis apportai en courant dans le hall cette œuvre bénie des dieux, cette enfant d'une grossesse tant miraculeuse qu'expéditive, que je poussai à l'extrémité d'une table, bien espacée des autres, cachée derrière une pile de prospectus, comme le fils éclopé sur une photo de famille.

La cérémonie commençait dans un quart d'heure et déjà une quarantaine de personnes circulaient le long des ikebanas qui continuaient d'affluer. Personne n'avait anticipé pareille assemblée pour un événement aussi modeste. La rumeur se faisait de plus en plus forte. Des agents municipaux tiraient les fils d'un microphone jusqu'au centre et l'on vit le maire, descendant de la mezzanine, aller à la rencontre de notre professeure.

Une voix grave appela soudain mon nom au loin.

Je me retournai subitement, d'une pulsion vive dans la poitrine, en fouillant du regard la masse compacte.

Où était-il ?

Je scrutai de toutes parts l'origine de cet appel. Une main se posa sur mon épaule. Je pivotai, le souffle coupé. Les quatre yeux verts, suspendus dans mon dos, refroidirent aussitôt l'émoi.

Erwin était là, accompagné d'une adolescente aux bouclettes d'or. J'en bafouillai une salutation dans toutes les langues. Mon collègue fit les présentations ; sa fille parut aussi ravie que moi d'enfin se rencontrer. Il était difficile de s'entendre dans le chahut ambiant et l'espace serré. Elle me demanda où se trouvait ma composition parmi toutes les autres. Mes indications restèrent volontairement imprécises.

« *Mina-sama* ». Une intonation rauque finit par émerger des haut-parleurs. Le maire, costume bleu et lunettes vissées au nez, requit l'attention de chacun. Il tint d'abord à remercier les personnes qui avaient fait le déplacement, avant de brièvement présenter l'atelier, son histoire, puis surtout, son dixième anniversaire qui était à l'origine de cette petite célébration.

L'élu passa bientôt le microphone à Nobura-*sensei*, dont l'émotion fut perceptible de tous, ainsi dressée devant l'assistance, le timbre tremblotant. Elle exprima sa gratitude toute particulière envers ses élèves, présents et anciens, pour la ville et l'intérêt porté à cet art qui comptait tant pour elle. Le discours fut bref et modeste ; elle convia chacun à apprécier les nombreuses œuvres présentées et à en interroger leurs auteurs. Elle quitta l'estrade sous les applaudissements.

En guidant mes invités jusqu'aux tables d'exposition, le nom de Ryûji sortit de la bouche d'un petit groupe d'adhérentes. Il n'en fallut pas moins pour attirer mon attention. J'encourageai Erwin et sa fille à faire un premier tour, le temps de m'éclipser quelques instants, puis demandai à l'une de ces femmes si elle avait aperçu notre camarade dans les parages.

La réponse fut affirmative : il avait été vu, il y a cinq minutes à peine, entrer en plein discours et déposer un vase parmi ceux déjà présentés.

— Il est toujours là ?

— Non, il est reparti tout de suite après, ajouta une seconde.

Mes poumons se gonflèrent d'une respiration profonde. Ainsi, il n'était venu que pour lâchement laisser sa trace au milieu de celle des autres.

L'information me laissa désœuvré ; j'eus finalement préféré ne rien en savoir. Je l'imaginai, depuis les portes de la mairie, reconnaître ma nuque dépassant de l'auditoire, se glisser d'un pas feutré le long des rangées avec, entre les mains, un arrangement n'ayant pu être réalisé que depuis chez lui, avant de s'évaporer entre les corps, sans le moindre regard jeté vers l'arrière.

Faute de mieux, je les priai de m'indiquer l'emplacement exact où l'Arsène Lupin avait laissé sa carte. Elle me désigna alors du doigt un pot, placé là, juste devant nous. Je crus à une erreur : l'ikebana, même de loin, ne ressemblait aucunement à ce qu'il avait su produire jusqu'alors. Je l'étudiai de plus près comme j'eus examiné ses traces de pas dans l'herbe fraîche.

Depuis un vase grossièrement peint – sorte de verroterie chinée Dieu sait où – débordait un amas touffu de branchages d'eucalyptus, de feuilles difformes à l'allure de tentacules poisseux, et de boutons rosâtres, fanés aux pointes, qui s'agglutinaient en tumeurs. À l'opposé, tout aussi dépareillés que le reste, deux rameaux de prunier aux grains rouges et aux tiges anarchiques, taillés à l'aveugle, menaçaient de s'effondrer dans ce marécage stagnant à leur pied.

Œuvre nauséeuse d'un homme égaré : voilà ce qui s'y lisait en filigrane.

Mes camarades, elles, s'extasiaient : « Éééé », « C'est du Ryûji tout craché ! », « Quel talent ! », « Que de belles couleurs ! ». Je songeai à notre conversation de la semaine passée : l'étiquette « Ryûji », elle aussi, savait donner à n'importe quelle piquette l'arôme d'un grand cru.

Leur clameur trouva écho quelques mètres plus loin. Une dizaine de visiteurs se massait dans un recoin de la pièce. On avait trouvé, dissimulée derrière une épaisse paperasse, une composition aussi exotique qu'impénétrable, qui suscitait débats de l'esprit et lectures cabalistiques. Pressée d'en convier l'auteur, Nobura-*sensei*, qui reconnut mon mode opératoire, ne tarda pas à me faire de grands signes au loin.

Aïe…

Lorsqu'ils virent débarquer l'artiste dont le nom fleurait bon les beaux-arts, les amateurs s'enflammèrent de plus belle. On me posa mille questions. Je dus improviser les raisons pour lesquelles mon travail reflétait une vision éminemment franco-japonaise de l'ikebana. La fleur de lys qui trônait au centre, bien entendu, était un subtil clin d'œil au meuble héraldique – qui tient en réalité de l'iris –, tandis que le bambou, lui, m'évoquait un haïku estival de Natsume Sōseki… au pif.

« Incroyable ! ». « Ça saute aux yeux maintenant que vous le dites ! ». La professeure ne fut jamais aussi fière de son mouton noir.

Je retournai bavarder plusieurs minutes auprès de mon collègue et de sa fille, les remerciant une fois encore de leur visite, avant qu'ils ne dussent repartir. À mesure que l'heure du déjeuner approchait, le hall municipal se désemplit peu à peu. Les tables, le matériel et les enceintes acoustiques disparurent aussi rapidement qu'ils avaient été préparés.

Le maire demanda à conserver quelques-unes de nos compositions dans l'entrée, afin que les administrés pussent en profiter le temps d'un week-end. Nobura-*sensei* sélectionna un petit groupe – dont je fis étonnamment partie – et nous pria de bien vouloir laisser là nos ouvrages jusqu'au dimanche soir. Les candidats évincés pouvaient quant à eux rentrer avec leurs végétaux.

Parmi tous les vases qui prirent ainsi le chemin du retour, un seul demeurait orphelin, oublié de tous dans l'ombre de la mezzanine. Personne ne savait si Ryûji viendrait le chercher. Le contenant de piètre valeur avait-il, dès le départ, auguré un tel abandon ? J'allai au bout de la pièce récupérer le pupille dans mes bras. En l'observant de haut, rendu si vulnérable, la tentation était grande de le jeter dans les bennes à ordures derrière le bâtiment, voire d'y mettre le feu et de danser autour jusqu'au soir. Cependant, sa mine si abattue ne pouvait être ignorée.

Après un nouveau soupir, je retournai auprès de l'enseignante, elle-même prête à partir.

— *Sensei*, auriez-vous une minute ?

— Oui, qu'y a-t-il ?

— Ryûji m'a chargé de lui rapporter son ikebana après la cérémonie, mais j'ai oublié d'écrire l'adresse qu'il m'a donnée.

— Ryûji est passé ? Je ne l'ai même pas aperçu !

— Oui, il est venu déposer un vase pendant votre discours.

— Ah, je vois…

— Et il m'a dit vivre à Yugatari, mais je ne me souviens plus du reste. Vous n'auriez pas son adresse exacte, par hasard ?

— Mmmh… Laissez-moi vérifier.

Elle tira de son sac une pochette qui contenait toutes nos fiches d'inscription. Elle survola les feuillets et finit par en extraire une page manuscrite.

— S'il n'a pas déménagé depuis, ce doit être 2-chōme-3-12.

— Ah voilà, ça me revient maintenant ! Merci beaucoup, je vais tout de suite le noter.

— Je vous en prie. Et une fois de plus, bravo pour votre travail ! Voyez : on l'a laissé juste là, devant l'entrée ! désigna-t-elle du regard.

— Merci à vous. Vraiment, c'est… inespéré.

— Continuez comme ça !

— Merci encore. Je vais persévérer.

À la sortie de l'hôtel de ville, le soleil radieux de fin d'automne était éblouissant. Je saisis sur mon téléphone la destination qui m'avait été indiquée. Il était difficile d'y lire quelque chose à cause du reflet sur l'écran ; je manquai de faire choir le récipient à plusieurs reprises. Lorsque l'itinéraire devint perceptible, je fis route vers le premier arrêt de bus. L'autocar, conduit par un agent en casquette, gants blancs et micro arrimé aux lèvres, me promena dans les tréfonds pavillonnaires durant une trentaine de minutes.

Le quartier dans lequel je fis halte était relativement calme, lové dans le silence d'un midi de novembre. Tout juste percevait-on les rires d'enfants jouant dans les cours, le ronronnement de l'aspirateur ou les quelques notes de piano s'échappant des fenêtres. Au pied des porches, s'étirant de tout leur long, des matous se prélassaient grassement dans ce bain de soleil. Je continuai de me perdre au cœur des allées, comptant un à un les blocs de bâtiments.

Parvenu au troisième, je tirai droit jusqu'au numéro douze. Je sentis mon pouls s'accélérer. À chaque pas, mes doigts en devinrent de plus en plus fébriles. Une plaque gravée du patronyme de Ryûji confirma l'adresse. Derrière se trouvait une maisonnette aux façades beiges et à la forme cubique, le toit de tuiles sombres, presque semblable à toutes les résidences du quartier. Je reconnus néanmoins, parmi les pots de fleurs ornant le palier, les spécimens roses qui mourraient entre mes bras.

Il devait se sentir seul, ainsi cerclé de familles toutes pareilles, aux maisons toutes pareilles, aux voitures toutes pareilles et aux vies toutes pareilles.

Une inspiration et je sonnai au portail.

Silence.

Juste le boum-boum incessant de mon cœur. Puis, le crissement de la porte qu'on entrouvre. Son visage émergea lentement de la bâtisse, me toisa au loin d'un œil brumeux, avant de se figer net. L'univers s'arrêta de longues secondes.

Il finit par descendre les quelques marches qui nous séparaient. Debout derrière la barrière de fer, il épia à droite, puis à gauche, et me lança d'une voix blanche :

— Qu'est-ce que tu fais là ?

— Je suis venu te rapporter ton ikebana. Tu n'es pas allé le chercher à la mairie.

— Comment t'as eu mon adresse ?

— Je l'ai demandée à Nobura-*sensei*.

L'ingénuité de mes réponses le laissa pantois autant que muet.

— Pourquoi tu ne m'as pas téléphoné ? m'enquis-je franchement.

— Je… Ehm… J'avais beaucoup de travail.

— Ah, beaucoup de travail.

— Oui…

— Tu me prends vraiment pour un abruti !

— Écoute, je suis désolé. Je suis sincèrement désolé…

— Ah, ça, tu peux l'être !

— J'ai commis une erreur. Je n'aurais jamais dû… Jamais dû… chuchota-t-il.

— Jamais dû quoi ?

— Dû…

— Eh bah vas-y, finis-la ta phrase ! criai-je. Hein, toujours là à marmonner comme une vierge effarouchée ! Vas-y, je t'écoute !

— S'il te plaît, arrête !

Le visage de Ryûji se pétrifia soudainement. Ses yeux écarquillés semblaient avoir perçu un fantôme. Je me retournai : il n'y avait pourtant rien. Pas même un voisin sorti de chez lui. Juste une vieille qui traînait du pied au loin…

Oh.

Nous observâmes celle-ci lentement s'avancer jusqu'à nous, chargée d'un sac de courses et chaudement vêtue.

— Ryûji… fit-elle le plus tendrement du monde.

— Bienvenue à la maison… rétorqua-t-il machinalement.

Elle me lança un regard aussi interrogateur que le mien.

— Bonjour.

— Bonjour Madame… Je suis…

— Je te présente un camarade de l'atelier d'ikebana, m'interrompit-il.

— Éééé… Ravie de faire votre connaissance !

— Pareillement.

— Pardon, je ne voulais pas vous déranger.

— Non, non, je vous en prie. Je venais seulement rapporter son ikebana à votre fils.

— C'est toi qui l'as fait Ryûji ?

— Mmh, acquiesça le créateur.

— Éééé…

Elle scruta sérieusement la composition entre mes bras, plissant ses yeux gonflés.

— Je le trouve un peu moins réussi que d'habitude.

— Ah ! m'exclamai-je par réflexe, soulagé d'entendre écho à mon opinion.

— Oui, je l'ai fait en vitesse. Je ne comptais pas le garder de toute façon.

— Ainsi, vous aussi vous pratiquez l'ikebana ? demanda-t-elle en revenant vers moi.

— Oui, mais à un plus petit niveau.

— Eh bien, voilà qui fait plaisir à entendre !

La dame me dévisagea en silence, l'œil malin. Comme elle n'osait poser la question, je lui en donnai spontanément la réponse :

— Je suis français.

— Oh, vraiment ?

— Oui.

— Vous vivez depuis longtemps au Japon ?

— À peu près un an.

— Un an… répéta-t-elle. Puis vous parlez très bien japonais !

— Je vous remercie !

Ryûji, qui tressaillait en nous voyant ainsi converser l'air de rien, coupa court :

— Du coup, tu as pu acheter ce que tu voulais au *konbini* ?

— Oui, oui… J'ai trouvé tout ce dont j'avais besoin.

— Parfait alors, conclut-il, ouvrant le portail afin de laisser sa mère entrer.

Celle-ci, tout en me passant devant, poursuivit :

— J'ai acheté de quoi faire du riz au curry. Vous connaissez ?

— Bien sûr, c'est l'une de mes recettes préférées !

— Ah oui ? Le meilleur, à mon sens, reste de le préparer soi-même. Pas comme ces cubes tout faits que l'on trouve au supermarché.

— Vas-y, entre ! la pressa nerveusement son fils.

Ni vu ni connu, il referma le portillon devant moi et commença à remonter les marches.

— Tu ne prends pas ton vase ? lui rappelai-je.

— Ah, si… merci…

Il redescendit et attrapa le récipient par-dessus l'obstacle.

— Merci encore d'être passé, ajouta-t-il par obligation.

— Mais je t'en prie. Ç'aurait été dommage que ce beau bouquet finisse à la poubelle, n'est-ce pas ?

C'est alors que, derrière son dos, la voix claire de la vieille femme s'éleva de nouveau :

— Est-ce que vous souhaiteriez vous joindre à nous ?

Ryûji s'étrangla.

— C'est gentil de ta part, mais il doit certainement avoir de meilleures choses à faire ! Je ne voudrais pas qu'on l'importune !

— Oui, c'est vraiment très gentil de votre part ! commençai-je.

Toujours face à moi, ses yeux épouvantés me suppliaient de refuser. Je le considérai à mon tour. L'homme à terre me faisait de la peine ; c'eût été déplacé de déjeuner avec sa mère, alors même qu'il s'évertuait à lui cacher la nature de notre relation. Cela étant, sa réponse avait été on ne peut plus claire : il regrettait cette aventure. Je n'étais pour lui qu'un simple camarade d'atelier qui, en l'occurrence, venait d'être poliment invité à goûter un riz au curry. S'il n'y avait rien entre nous, il n'y avait rien à dissimuler, non ?

— Avec grand plaisir ! Je n'ai rien de prévu aujourd'hui.

Le fils parut s'effondrer en miettes. Prenant acte de sa sentence, il m'ouvrit lentement, la tête rivée vers le sol.

En grimpant jusqu'à la maison, je me jurai d'être absolument irréprochable.

Je défis dans le vestibule mes chaussures, que je rangeai soigneusement le long de la marche en bois qui marquait l'entrée, puis proposai sans délai mon aide aux deux hôtes. L'aïeule déclina et m'invita plutôt à patienter dans le salon. Ryûji, de son côté, enclencha un cuiseur à riz sans que le moindre mot sortît de sa bouche. Je m'assis donc au pied de la table basse comme j'en avais été prié et jugeai de l'intérieur.

Ce qui sautait aux yeux en premier, c'était le soin avec lequel chaque meuble, chaque recoin, avait été rangé et dépoussiéré. J'ignorais s'ils vivaient tous deux ici, mais cette minutie suggérait plutôt que l'on s'était préparé à de la visite. Le salon, couvert d'un parquet et baigné de lumière, était résolument moderne, bien loin du style traditionnel auquel on pouvait s'attendre de prime abord. Il s'ouvrait sur une cuisine à l'américaine toute en longueur, dont les épices moulues au moment même embaumaient la bâtisse entière. Un canapé de textile gris, une télévision haut de gamme et une table basse d'ébène décoraient cet espace intimiste. Je remarquai plus particulièrement les deux *kokedama* – boules de mousse aux allures de planétoïde vert – et les origamis de fleurs qui flânaient sur un meuble à étagères. Devant se trouvait un discret cadre photo, dans l'ovale duquel un quinquagénaire aux lunettes fumées souriait à demi-lèvres. Une coupelle d'encens avait été placée aux côtés du défunt. La mère chantonnait en épluchant des carottes et des pommes de terre. Le fils, lui, s'était éclipsé.

J'insistai une fois de plus pour lui prêter mainforte ; elle finit par céder en me confiant la découpe des légumes, tandis qu'elle s'attelait à la sauce.

— J'espère que vous n'allez pas trop pleurer, fit-elle soudain en chuchotant.

— Comment ça ?

— Eh bien, c'est l'étape la plus difficile. Ça me paraît normal de finir les larmes aux yeux.

Je me mis à pâlir.

— Ehm… Vous dîtes ça parce que…

— N'est-ce pas le cas ? Vous tenez le coup ?

— C'est-à-dire que… J'ignorais que vous étiez au courant.

— Eh bien quand même, je cuisine depuis que j'ai huit ans ! Laissez, je vais m'en occuper.

Elle retira de mon saladier les quelques oignons… Quel âne !

— Merci beaucoup.

— Mmh-hmm…

— Et du coup, vous vivez ici avec Ryûji ?

— Non, non, j'habite quelques blocs plus loin.

— Ah, vous êtes tout proches alors.

— Oui, j'ai de la chance ! Il a voulu rester près de chez moi, pour qu'on puisse continuer de se voir régulièrement.

— Donc vous venez parfois manger avec lui…

— Voilà, quelques fois dans le mois.

— Il m'a dit n'avoir jamais quitté Yugatari.

— C'est vrai. Il est parti tôt de la maison, mais il n'a jamais quitté les environs. Et vous d'ailleurs, où habitez-vous ?

— De l'autre côté, à Kumigawa, désignai-je d'un mouvement de tête.

— C'est une belle ville également !

— Oui, juste un peu plus dense…

— Et que faites-vous dans la vie ?

— Je suis juriste d'entreprise.

— Oh, ce doit être intéressant !

— Ehm… Oui, oui… approuvai-je d'un ton évasif, jugeant préférable de ne pas rentrer davantage dans les détails.

— C'est gentil à vous, en tout cas, d'avoir rapporté son ikebana à Ryûji. Il l'avait oublié quelque part ?

— En fait, il l'avait laissé à la mairie après la cérémonie. Je me suis dit que j'allais le lui ramener.

— Une cérémonie ?

— Oui, ce matin. Il y avait un événement à la mairie de Kumigawa, pour les dix ans de l'atelier.

— Oh, Ryûji ne m'en a pas parlé… J'aurais souhaité y aller, maintenant que vous me le dîtes.

— Quelques ikebanas resteront exposés ce week-end, si jamais cela vous intéresse.

— Certainement. J'aime beaucoup les ikebanas ; c'est tellement beau !

— Surtout ceux de Ryûji.

— Ils sont fantastiques, vous ne trouvez pas ?

— Sans aucun doute.

Je tendis à la vieille femme les légumes ainsi coupés, qu'elle plongea dans une grande casserole à fond épais. Elle fit revenir le tout, puis y ajouta un bouillon clair porté à ébullition. Ses mains veineuses mélangèrent de la farine à de l'huile pour en obtenir une pâte, qu'elle saupoudra allègrement de curry roux.

— J'espère que vos papilles sont robustes ! plaisanta-t-elle.

Pendant que mijotait la préparation, elle sortit d'une armoire des assiettes creuses et des baguettes que j'apportai jusqu'à la table basse. Le troisième convive était toujours porté disparu. Elle me posa alors des questions sur la France, mon opinion sur sa patrie, les différences entre nos cultures, celles pour lesquelles, devenues si usuelles, je savais en donner les réponses par cœur, comme un gendre idéal cuisiné par sa belle-famille.

Une vingtaine de minutes plus tard, lorsque le *karē raisu* fut prêt, elle appela son fils pour déjeuner. L'ado boudeur vint enfin se joindre à nous, s'assit en tailleur sur un coussin, et garda le visage plongé dans son plat. Sa mère évoqua la cérémonie qu'il avait omis de lui mentionner. Il en grommela une répartie inaudible, avant de s'emmurer dans le silence. Elle poussa un soupir.

Ses yeux, en revanche, me dévoraient tout cru. Les questions continuèrent de fuser, sur ma vie, mon entreprise, mon appartement, mes hobbies, et même mon pull. À la fin du repas, lorsque je lui tendis ma vaisselle vide et qu'elle vit, glissant un œil pour y jauger du succès de sa recette, que j'avais méticuleusement mangé chaque grain de riz jusqu'au dernier, elle faillit m'emmener au temple le plus proche m'y épouser sur-le-champ.

Je ne souhaitais pas m'éterniser plus longtemps ; je les remerciai tous deux pour le festin et prétextai devoir faire quelques courses. Avant que je ne repartisse, la mère trotta jusqu'à la cuisine et extirpa de son cabas une boite de gâteaux fourrés aux haricots rouges, qu'elle me pria d'emporter avec moi. Je déclinai par politesse. Elle insista de plus belle. Je feignis donc d'hésiter, soupesant les conséquences de cette dette sur l'équilibre intergalactique, puis acceptai avec douleur le présent. À l'écart de ces convenances affreusement pompeuses, Ryûji sortit ouvrir le portail. Je la remerciai une fois encore et partis sans m'attarder davantage.

Il attendait dans la rue, les mains dans les poches. Je descendis lentement les quelques marches jusqu'à me tenir face à lui.

Il ne me regardait pas.

Ses yeux fuyants glissaient derrière son épaule gauche dans une forme de suffisance. Je ne dis rien non plus. Les maisons alignées de part et d'autre formaient des files aux postures écrasantes. Leurs fenêtres aux étages, telles des pupilles acérées, à l'affût du moindre mouvement, du moindre mot donné en leur ressort, épiaient de haut la scène sans sourciller. Seul le vent tiède bruissait à nos oreilles comme un chuchotement de quartier.

J'écumais de rage.

Voyant l'homme la tête ainsi baissée, terré dans toute sa pusillanimité, je serrais mes mâchoires pour taire mes hurlements, contenir la colère qui frémissait au plus profond de mon être. Pire encore, je ne savais plus contre qui elle se destinait. Contre lui, pour se tenir tellement lâche face à moi ? Contre son père, si aveuglé par la quête du *salaryman* et les lauriers promis qu'il y avait laissé sa peau, négligeant d'enseigner à son fils les leçons essentielles de l'amour-propre ? Contre sa mère, qui avait accouché d'un statut plutôt que d'un enfant, préférant la mélodie rassurante du premier aux désirs tumultueux du second ? Contre moi-même, pour avoir été aussi bête, aussi naïf, pour avoir pensé fuir une déraison dont les racines ne s'arrêtaient pas aux frontières, pour avoir eu l'audace d'imaginer que, cette fois, cette fois-là, quelque chose d'infini avait pu se produire ?

Un léger rire amer s'échappa de mes lèvres.

— Je trouve ça amusant que les Japonais se targuent autant d'être pétris de politesse et d'honneur. Tu ne crois pas ?

Il resta immobile, muet comme une tombe.

— Quelle estime est-ce que je t'inspire, là maintenant ? Et toi ? De quelle dignité fais-tu preuve ? Quelle once de respect as-tu pour toi-même ?

Silence, encore.

Je tournai sur mes talons et partis, aveuglé par le soleil incandescent.

L'air se chargea d'une odeur de brûlé. Dans mon dos, mes pas traînaient une ombre qui s'étirait sans fin.

# Chapitre 9

J'avais profité de la journée pour explorer les commerces du centre-ville, à la recherche d'un blouson ou d'une parka épaisse, de quoi affronter le souffle glacial qui traversait l'Archipel depuis plus d'une semaine. À défaut de trouver mon bonheur dans les galeries marchandes, j'avais fini par me perdre dans des ruelles parallèles, jusqu'à tomber sur une boutique quelque peu vétuste, coincée entre deux immeubles, poussiéreuse et faiblement éclairée. Là, mon dévolu s'était porté sur un caban bleu marine, col sherpa synthétique, caché depuis des lustres derrière une armée de cintres, sûrement trop long pour trouver preneur.

Je rentrais à pied afin de m'aérer un peu l'esprit. Devant un *kōban*, un avant-poste de police, une dizaine de gamins se massait autour de la porte. L'attroupement m'intrigua autant qu'il m'inquiéta. En avançant de quelques mètres, je compris que les enfants tendaient des cartes coloriées aux agents. Quelques-uns se battaient pour essayer une casquette d'officier sur leur tête.

Ce jeudi était célébrée un peu partout *Kinrō Kansha no Hi,* la fête du Travail. Il était ainsi d'usage que les écoliers offrissent des cadeaux et des mots de remerciements aux pompiers, personnels hospitaliers, militaires et autres représentants du service public. Le pays était pratiquement à l'arrêt pour la journée entière, bien qu'il ne fît guère de doute que, au même moment, ma boite mail continuait d'être bombardée par mes collègues, en plein sevrage depuis chez eux. L'atelier d'ikebana gardait également ses portes closes.

Mon chemin m'amena à longer le *torii* qui marquait l'entrée du sanctuaire de la ville. Je réalisai alors, au tintement répété des clochettes qui émanait du lieu sacré, que je n'y avais pas fait une seule halte depuis des mois.

Je décidai donc d'y pénétrer, en commençant par légèrement m'incliner sous l'imposante porte vermillon. Ici aussi, un petit groupe de riverains s'était réuni pour l'occasion. Je les voyais sonner un grelot suspendu en secouant une corde épaisse, de manière à purifier l'endroit et en chasser les mauvais esprits. Ils se prosternèrent à deux reprises, frappèrent leurs mains deux fois, avant de se courber une dernière pour prier. Une vieille femme, qui avait sagement fait la queue, jeta une pièce dans la boite à offrandes et exécuta les mêmes gestes. Mon tour vint ensuite.

Un peu à l'écart du bâtiment, des portiques aux teintes orangées étouffaient sous une centaine de plaquettes de bois. Ces *ema* contenaient les vœux et prières des fidèles shintoïstes à destination des dieux. Je me laissai tenter ; pour mille yens, une échoppe en proposait ornées de différents motifs. Il me fallut cinq minutes pour décider du modèle – deux chevaux gambadant sous un soleil levant – et quinze de plus pour le message. Je finis par inscrire au feutre noir mon souhait le plus cher : celui de trouver un nouveau travail. Je m'appliquai à en tracer les caractères japonais pour mieux m'attirer la faveur des *kami*.

Soudain, le doute m'envahit. Ce choix n'était-il pas terriblement égoïste, tandis qu'au même moment, l'homme que j'avais pu aimer s'enlisait dans la désolation ? J'ajoutai un second vœu à l'attention du malheureux.

J'examinai la plaquette : ces peines me parurent bien futiles, alors que tant de personnes crevaient de guerres et de famines, pendant que j'étais là, tout pimpant, à jouer les Sainte-Thérèse dans mon manteau flambant neuf. Sur les quelques centimètres laissés vierges, je demandai en pattes de mouche la paix dans le monde, la liberté d'aimer, la considération de tous les animaux non humains, l'équilibre écologique de notre… Plus de place.

Je finis enfin par accrocher l'*ema* sur le support, en retournant aux cloches une seconde fois, afin que les dieux parvinssent à déchiffrer ce barbouillage.

J'atteignis mon appartement, satisfait d'avoir ainsi été rhabillé et béni pour l'hiver. Décidé à profiter de ce congé jusqu'à sa dernière minute, j'attrapai mon casque audio et un sachet de thé aux fleurs de cerisier – celui des grandes occasions, puisque je décrétai que c'en était une –, que je dégustai sur mon canapé, ne faisant rien d'autre que de rêvasser, le regard perdu vers la fenêtre et un fond de jazz dans les oreilles. Seul un chat tigré manquait dans ce décor, un compagnon pour sombrer avec moi au cœur de cette jungle urbaine.

Soupir.

Le rythme amorphe qui faisait vibrer mes tympans m'inspira une envie de bain chaud. Je laissai mon imagination doucement couler dans l'eau bouillante d'un *onsen*, désert, donnant sur l'horizon bleuâtre et infini de l'océan. Les effluves de *sakura* entre mes mains firent tomber quelques pétales roses dans le bassin. La fumée dense. L'air frais. Une pluie fine. Le silence des flots.

Je restais là, seul, à m'enivrer d'iode et de fleurs…

La surface se mit soudain à ondoyer nerveusement. Une secousse s'était propagée depuis le sol. Puis une deuxième. Et une troisième.

Qu'était-ce ? Un tremblement de terre ?

Et une quatrième. Je rouvris subitement les yeux : pas de séisme en vue, mais le vibreur de mon téléphone. Je reconnus le numéro de Ryûji qui s'affichait sur l'écran. Je doutai un instant, puis décrochai.

— Allô ?

— Oui, c'est Ryûji. Je ne te dérange pas ? balbutia-t-il d'une voix faible.

— Non, non. Je t'écoute.

— Est-ce que… est-ce que tu serais disponible pour discuter un peu ?

— Ehm, oui... Là, maintenant ?

— Si tu es libre, j'aimerais bien, oui.

— On peut se retrouver quelque part, peut-être ?

— Je… Je préfèrerais qu'on ne soit que tous les deux.

— D'accord... Tu veux venir chez moi ?

— Mmmh…

— Ou tu préfères que je vienne ?

— Non, non. Je vais passer.

— Tu te souviens où j'habite ?

— Oui, c'est bon. Je devrais être là dans une demi-heure.

— Entendu, à tout de suite alors.

— Merci…

Il raccrocha. Mes thermes oniriques venaient d'être balayés par un raz-de-marée de questions. Après une semaine de plus sans la moindre nouvelle, cet appel n'en était que plus obsédant. Le ton grave, surtout, m'avait poussé à accepter le rendez-vous.

Les trente minutes qui suivirent parurent une éternité.

\*

On frappa à la porte. Je l'ouvris d'un mordillement compulsif des lèvres. Ryûji se tenait mollement debout, dans un sweatshirt gris et des baskets usées, le teint morne, regard vide. Seuls ses doigts s'agitaient spasmodiquement. Quelque chose s'était passé.

Je l'invitai à rentrer.

— Tu veux du thé ?

— Non merci.

— Je t'en prie, installe-toi sur le canapé.

Il ôta ses chaussures et alla lentement s'asseoir. Le fauteuil était étroit ; aussi étions-nous presque serrés l'un contre l'autre, tandis que je me pliai en tailleur, ma tasse remplie de nouveau. Je l'observai fixer le sol sans rien dire. Derrière son visage, le ciel s'était ombragé. Mon appartement se voilait peu à peu et des gouttes ruisselaient le long de ses mèches sombres. Seules sinuaient les vapeurs chaudes entre mes mains.

Comme il ne donnait pas la raison de cette sinistre venue – que je pressentais déjà –, je rompis le silence le premier :

— Tu le lui as dit, n'est-ce pas ?

Sa poitrine se gonfla fébrilement durant de longues secondes.

— Oui.

— Et qu'a-t-elle répondu ?

— Rien. Absolument rien.

On n'entendit que le clapotement d'une bruine qui frappait les vitres.

— C'était quand ?

— Hier.

— Chez toi ?

— Oui, elle était venue dîner.

Il frotta des paumes ses yeux humides, puis reprit :

— Ehm… La semaine dernière, après ton passage, je me suis senti terriblement angoissé. Je ne parvenais plus à penser à autre chose, ça tournait en boucle dans ma tête… Je ne savais plus quoi faire… Quand elle est arrivée hier, je tremblais comme une feuille. Je ne pouvais même plus la regarder en face. Elle s'en est aperçue. Elle m'a demandé ce que j'avais… Et je lui ai dit. C'est sorti tout seul. Je n'ai même pas pu… pu…

Il se mit à fondre en larmes dans un sanglot sourd, taisant sa bouche des deux mains. Sur le moment, il n'y eut pas, je crois, pire crève-cœur au monde que de le voir ainsi étouffer sa douleur.

Je posai mon thé au sol et me hissai jusqu'à lui, l'enveloppant tout entier dans mes bras. Ses cheveux mouillés firent couler des perles d'eau sur mes joues. Nous demeurâmes étreints plusieurs minutes, à n'écouter que l'écho viscéral de sa peine.

Il finit par se relever pour essuyer son visage.

— Et que s'est-il passé ensuite ?

— Ensuite, elle n'a rien dit. Elle a scruté son bol un long moment, sans me regarder, ni même manger, puis est partie faire la vaisselle. Moi, je suis resté honteux dans le salon, en attendant qu'elle revienne s'asseoir. Mais je la voyais au loin nettoyer les couverts déjà propres, encore et encore et encore… Ça m'a paru durer des heures ! Et soudain, elle a pris ses affaires. Elle s'en est allée.

— Elle t'a dit au revoir ?

— Non… Et elle ne m'a pas donné signe de vie depuis… Je n'ose même pas l'appeler. Si tu savais à quel point je m'en veux !

— Tu n'as rien à te reprocher ! Au contraire, tu ne peux pas imaginer le courage qu'il t'a fallu.

— Tu crois qu'elle me pardonnera ?

— Il n'y a rien dont tu dois te faire pardonner. Rien.

— Je n'arrêtais pas de repenser à notre conversation, cette nuit-là. Ça me paraissait tellement évident, et pourtant, si lourd à assumer… Pourquoi les choses évidentes sont-elles toujours celles qui pèsent le plus ?

— Je sais… Mais tu as fait le bon choix, sois-en certain. Moi, je suis fier de toi.

À ces derniers mots, il tourna son visage rongé par la culpabilité vers le mien, et s'effondra encore. Je me retenais de blâmer sa mère pour son ineptie ; Ryûji tenait trop à elle pour y trouver quelconque source de réconfort. Je ne pouvais que panser ses plaies de ma présence silencieuse. Lui offrir un cœur avec lequel battre à l'unisson.

Je le gardais serré contre ma poitrine : ses larmes avaient la senteur des cerisiers en fleur.

*

Le samedi suivant, vers sept heures, je pressai la sonnette à son portail. Je n'avais pas l'habitude de m'activer si tôt le week-end. Nous aurions pu nous donner rendez-vous à la gare centrale, mais mon instinct me commandait de lui prêter un œil attentif.

Il vint m'ouvrir et me pria de rentrer quelques instants. Je le suivis à l'intérieur, le temps qu'il finît de préparer ses affaires. Le salon, volets fermés et rideaux tirés, était imprégné de déréliction. On n'avait pas aéré la pièce depuis plusieurs jours. Du reste, peu de choses avaient changé depuis ma dernière visite. Quoiqu'une m'apparut tout de suite : le cadre photo du père avait été posé face contre le meuble.

Ryûji redescendit des escaliers, bottines aux pieds et sac sur les épaules. Il donna un coup de clé dans la serrure et nous prîmes la direction de l'arrêt de bus.

Un long trajet nous attendait. Je lui avais proposé, avant qu'il ne rentrât chez lui la veille au petit matin, qu'on partît une journée le long de la côte ouest, sur les hauteurs surplombant la mer du Japon, s'offrir un bol d'air frais et revigorant du large. Il avait accepté pour me faire plaisir.

Le bus nous conduisit à la station ferroviaire d'une ville voisine, où un *Shinkansen* devait relier le littoral en un peu moins de deux heures. Les écrans géants finirent par afficher notre numéro de quai. Nous longeâmes les voies jusqu'au train blanc et longiligne, reconnaissable à sa tête en bec de canard. Dans notre wagon, quelques familles et personnes seules attendaient sagement la fermeture des portes. Nous prîmes place l'un face à l'autre, aux sièges réservés à nos noms, séparés d'une tablette au centre. Le départ se fit à la minute près.

Tandis que le paysage urbain filait à toute vitesse sous nos yeux – villes industrielles, maisons serrées, bientôt villages et vastes champs –, Ryûji gardait une figure inexpressive. Il observait vaguement par la fenêtre en soutenant sa tête de la main. Mes enfantillages et autres tentatives de le faire rire restèrent vaines ou, tout au plus, ne lui inspirèrent qu'un sourire las. Je le laissai se reposer, le temps de quitter les tourments de la métropole. Un agent pénétra dans la rame. Il réalisa une courbette de haut vol et demanda poliment à contrôler les billets. Ses gants blancs saisirent les nôtres comme s'il s'était agi de diamants bruts. Il repartit selon le même protocole militaire.

Lorsque le *Shinkansen* atteignit son terminus, nous dûmes encore emprunter une ligne locale pour une dizaine d'arrêts. Le second train parut quelque peu archaïque, à en juger par le crissement des rails et son revêtement boisé, mais en cela bien plus pittoresque.

Le périple toucha à sa fin là où commença notre excursion, dans une petite gare fraîchement rénovée aux allures de bureau de poste. Sur le comptoir du guichet principal, je trouvai un plan des sentiers de promenade, et surtout, le tampon de la station. Je sortis par réflexe du sac mon carnet de voyage, celui dans lequel j'avais pris l'habitude d'apposer chaque sceau ainsi rencontré sur ma route. L'encreur avait beau être usé, le dessin apparut assez nettement : une plage rocheuse où esquifs côtoyaient oiseaux de mer. Je montrai ce travail d'orfèvre à Ryûji en lui proposant une page de mon cahier. Il haussa languissamment les épaules.

Je pris donc les décisions pour nous deux.

Nous commençâmes par arpenter les abords du centre-ville, le long des étalages du marché où s'époumonaient des poissonniers et des primeurs. Nombre de personnes âgées étaient également de sortie, sous le soleil pâle de novembre, traînant dans leur dos des chariots de courses dont débordaient des verts de poireau. Il régnait au cœur de ces ruelles une atmosphère paisible, presque hors du temps ; le sourire aux lèvres, les habitants semblaient figés dans une carte postale jaunie par les années. Nous achetâmes quelques provisions pour déjeuner sur notre chemin.

Quelques pas plus loin, les derniers pavés s'ouvraient sur le vieux port. Les vents se chargèrent de relents salés. Je lus en secret les mots sur son visage : Ryûji désirait l'horizon comme un marin rejeté par la mer. Des rangées d'embarcadères oscillaient doucement sous la houle et, à la pointe des mâts, quelques cormorans séchaient leurs plumes dans les rayons chauds de l'azur. Seule la rumeur enrouée des pêcheurs se mélangeait au fracas des vagues.

Sur la carte était suggéré un itinéraire qui longeait les côtes sauvages. Nous marchâmes ainsi dans le sable jusqu'à nous éloigner des murs et rejoindre un chemin de terre. Des filets de grains, poussés par la brise marine, serpentaient entre les touffes d'herbes sèches. Plusieurs promeneurs couverts de cirés croisèrent notre route ; chacun nous salua chaleureusement.

Au loin, la pointe d'un phare émergeait des dunes. Le sentier finit par nous mener au pied du géant endormi. Ses façades blanches avaient été rouillées et écaillées par des décennies de pluie, mais il paraissait toujours en fonction. Je me demandai, le voyant aussi paisible, combien de navires ce gardien des eaux avait guidés à bon port ; combien de tempêtes ses faisceaux puissants avaient transpercées dans la noirceur furieuse. Que de récits il devait avoir à conter, le vieux loup de mer !

Ryûji, qui s'était assis sur un banc, m'attendait avec le même détachement. Je lui épargnai ce lyrisme aventureux et lui proposai plutôt que l'on attaquât nos quelques réserves. Il n'avait pas faim. J'entamai donc seul une salade de coquillages, relevée d'un paysage à couper le souffle.

Nous restâmes ainsi de longues minutes, ma tête blottie contre son épaule, à apprécier les nuances bleutées et scintillantes de l'onde, à n'écouter que les pépiements lointains des oiseaux, caressés par une légère bise de fin d'automne.

Je ne réalisai m'y être assoupi qu'au mouvement de sa nuque engourdie. Comme nous n'étions qu'à mi-parcours, je suggérai que l'on reprît notre marche afin de nous éviter un retour précipité au train. Derrière le phare, le rivage s'étendait à perte de vue. Nous poursuivîmes le long d'une végétation galbée par les bourrasques.

Je lui racontai les souvenirs d'ado que m'évoquait cette balade : les vacances d'été, les sorties en mer, les catamarans filant à toute allure contre le courant, les après-midis à lézarder sur le sable brûlant, ma peur insensée des algues... Cela m'inspira une irrépressible envie de sillonner les eaux turquoise et poissonneuses d'Okinawa. Je lui proposai qu'on y passât quelques jours en juillet. Il sourit.

Un panneau en bois apparut sur la bande de terre latérale. Il signalait la présence d'un point panoramique, accessible depuis un chemin d'herbes foulées. Nous le suivîmes jusqu'à rejoindre un roc détaché du littoral qui toisait l'horizon entier. À la vue de ce tableau secret, noyé sous les couches d'indigo et de mousse, au récif craquelé comme une toile ancienne, des frissons m'en parcoururent le corps du dos aux chevilles.

Je m'y penchai prudemment : plus bas, les vagues se déroulaient de tout leur long, venant se fendre orageusement contre les brisants mouillés. De ce choc incessant ne persistait qu'un ressac à la traînée bulleuse. Plus loin, Ryûji contemplait cette étendue sans fin, les vêtements volant au vent. Ses cheveux ébouriffés dévoilaient un visage serein, lavé de cette taciturnité qui l'avait tant assombri ces derniers jours. Enfin.

Je m'approchai de lui et pris sa main. Il tourna alors son regard profond vers le mien, avant de pencher sa tête avec tendresse. Je fis de même...

Mais il ne m'embrassa pas.

Ses lèvres s'avancèrent encore, lentement, comme les lames écumeuses jusqu'au rivage, venant s'échouer au creux de mon oreille.

— Mourons ici, ensemble.

*

Silence.

Seulement la buée chaude de sa respiration contre ma peau.

Je fis un pas en arrière, d'un geste confus. Mon visage se releva à hauteur du sien ; je me plongeai entier dans l'encre de ses yeux. Il demeurait là, impassible, avec, dans cette lueur si noire, la même passion, la même fièvre que durant notre première nuit, lorsqu'enfin il s'était abandonné, m'avait laissé me perdre dans les tréfonds ombreux de son cœur.

Non... Il l'était. Il était sincère.

Mes paupières se fermèrent, englouties par les larmes.

Ainsi, telle était l'épave à laquelle s'accrochait le naufragé. Tel était l'appel de son destin, l'échappatoire tant promise que lui avaient chantée les sirènes du large : une fin tragique, funeste, mais pleine de grâce ; celle de deux amants maudits par le monde et unis dans l'outre-tombe.

Je rouvris les yeux. À l'arrière-plan, la tour cylindrique du phare se dressait stoïquement au-dessus des flots.

À quoi servait-il, désormais ? Quel intérêt à cette hauteur insolente, à cette lanterne massive et orgueilleuse, si malgré ses signaux désespérés, comme des cris de lumière déchirant la nuit, le vaisseau avait choisi de tirer droit sur les écueils ? Que lui restait-il, à ce colosse aux bras ballants ?

Les rafales s'intensifièrent, stridentes, chargées d'embruns arrachés à la mer. Je fis demi-tour pour regagner la terre ferme. Alors que mes pas se perdaient dans la végétation haute, mon regard se jeta une dernière fois vers l'arrière, vers lui.

À cet instant, sur ce bord de falaise coupé de tout, ici même où s'était fracturé le continent et infiltrée l'eau, deux caps, deux routes, deux dimensions s'affrontaient.

À cet embranchement de l'Univers, un seul pouvait être.

Un seul réel.

Un seul choix.

Sans que l'un ni l'autre pût seulement effleurer l'ordre cosmique des choses.

# Chapitre 10

« *Tsugi ha, Hayazaki, Hayazaki desu* ».

Je laissai les deux collégiennes descendre avant moi. Elles m'en remercièrent d'un sourire timide, avant que je ne les entendisse plaisanter de nouveau quelques mètres plus loin. Leurs sacs à dos croulaient sous les peluches miniatures et les badges à l'effigie de *boy bands*. À force de voir ces mêmes visages dans tous les wagons et les commerces, j'avais fini par apprendre à les reconnaître. Les idoles sud-coréennes supplantaient peu à peu celles nipponnes. « *Mata ash'ta* ! ». Les filles se quittèrent au croisement des couloirs.

À la sortie de la gare, protégé de la brise, le soleil se duvetait dans des bourres de soie. La fontaine de la place ne coulait plus ; des agents municipaux en nettoyaient frénétiquement les parois calcaires et retiraient les feuilles mortes. Il n'était que deux heures. Lorsque les employés de bureau rentreraient chez eux, ils ignoreraient tout de ce grand ménage.

En remontant l'avenue principale, mon sac bruissait au rythme de mes enjambées. Les branches de ginkgo s'y frottaient doucement les unes aux autres. J'en avais ramassé cinq durant ma promenade au parc, fasciné par leurs teintes jaunes étincelantes. Des feuilles d'or. J'appréciais surtout leur forme si caractéristique, à la manière d'un éventail fendu par le vent. Et je savais que Ryûji aussi les aurait emportées, s'il les avait vues.

Il était étrange de songer que ces arbres chatoyants, comme de jeunes pousses découvrant la lumière du jour, étaient les plus anciens de la Terre. Des « fossiles vivants », disait-on. S'ils avaient été spectateurs de notre naissance, assisteraient-ils également à notre disparition ?

Lorsque j'arrivai à hauteur du cimetière, un chat s'était confortablement assis sur l'un des piliers en pierre. Il me suivait de ses pupilles à moitié closes, prêt à sombrer dans un profond sommeil. Je m'approchai pour le contempler de plus près. Le matou n'était pas farouche ; s'il n'avait pas choisi une couche si haute, j'aurais pu lui gratouiller la tête ou lui secouer une branche sous le museau.

— Il vient tous les jours celui-là.

Debout à ma gauche, Takeda-*san* me surprit.

— Ah oui ? Je ne l'avais jamais croisé.

— Mais c'est un peu de ma faute… Je lui dépose une gamelle à la fenêtre de mon local.

— Vous devez attirer tous les chats du quartier comme ça.

— Pas vraiment. Maintenant, il sait exactement à quelle heure il est servi et ne laisse rien aux autres !

— Eh bien, c'est au plus malin que va la récompense !

— N'est-ce pas ? approuva-t-il derrière ses lunettes floutées.

— Vous pensez qu'il est errant ?

— Probablement. Du moins, il n'a pas de collier au cou.

— En effet...

Le gardien me salua et repartit à l'intérieur. Je poursuivis ma route le long des restaurants et des épiceries du centre-ville, jusqu'à gagner la boutique.

En poussant la porte, des vagues aux effluves fleuris m'atteignirent aussitôt. J'aimais la manière dont l'endroit s'imprégnait d'une odeur différente au fil des saisons, comme un calendrier olfactif que seule l'habitude permettait de saisir. Sur les comptoirs en bois, la profusion de bouquets formait un océan de couleurs. Les successions d'anémones blanches en esquissaient l'écume. Quelque peu à l'écart, des ikebanas préparés sur commande, aussi bien pour l'ornement d'alcôves familiales que pour des occasions plus formelles, attendaient sagement de rejoindre leur nouvelle demeure.

La vue de ces compositions si distinguées m'évoqua mes propres essais chaotiques. Ces souvenirs de Kumigawa me manquaient un peu. L'atelier aux allures de vieille salle de classe, figée trois décennies en arrière. La bienveillance de Nobura-*sensei*. Erwin, surtout, et notre respectueuse désobéissance menée tambour battant. J'attendais avec impatience sa prochaine visite, un jour ou l'autre.

Je défis mon manteau et me dirigeai vers l'arrière-boutique. Au milieu du fatras, des jarres en fleurs se baignaient dans la lumière crème.

— Oh ! Du ginkgo !

— J'en ai récupéré quelques branches au parc.

— Tu les as arrachées des arbres ?

— Non, quand même pas ! Elles étaient par terre.

— Elles sont superbes ! Merci beaucoup.

— Tu comptes les utiliser ? fis-je en désignant l'arrangement qu'il peaufinait.

— Mmmh… Je vais peut-être éviter, comme ce n'est pas prévu dans la commande.

— Tu peux les réserver pour l'ikebana de ta mère, sinon. Ça pourrait lui faire plaisir.

— Bonne idée. Avec un peu de chance, les feuilles tiendront d'ici sa venue. C'est déjà l'heure ?

— J'allais ouvrir, oui.

— Attends, tu pourrais emmener celui-ci au passage ?

Il me tendit le vase qu'il venait d'achever. Je l'emportai jusqu'à l'étagère où patientaient ses congénères, en veillant à le faire légèrement pivoter, afin qu'il y arborât son meilleur profil. Puis, tirant les voilages derrière la porte, je descendis placer le chevalet ardoise face à la devanture.

Les arômes herbacés du commerce sinuèrent vers l'extérieur, avant de se disperser dans l'air frisquet de la ruelle.

À l'ombre de la banne, je humais à pleins poumons la promesse de ce nouvel automne.

*Une année passée —*
*Tiens ! Une feuille d'érable*
*posée à mes pieds*

Édition : BoD – Books on Demand, 12/14 rond-point des
Champs-Élysées, 75008 Paris
Impression : BoD – Books on Demand, Norderstedt,
Allemagne

Couverture : © 2021 Ashirani Murata

ISBN : 978-2-322-39693-1
Dépôt légal : Septembre 2021


www.aurelien-gouttenoire.com